Nassir Djafari

Der Großcousin

Roman

sujet verlag

CIP - Titelaufnahme in die Deutsche Nationalbibliothek
© 2024 by Sujet Verlag

Nassir Djafari
Der Großcousin

ISBN: 978-3-96202-138-8

Umschlaggestaltung: www.the-editorial.de
Umschlagfoto: https://de.freepik.com
Satz und Layout: Xenia Sophie Rhensius
Druckvorstufe: Sujet Verlag, Bremen
Printed in Europe
1. Auflage 2024
2. Auflage 2024

www.sujet-verlag.de

1

Der Brief lag auf meinem Schreibtisch. Es war noch früh am Morgen, mein Vorzimmer war verwaist, und in den Büros saßen nur wenige Mitarbeiter vor ihren Computerbildschirmen, die üblichen Frühaufsteher. Am Abend zuvor war ich von einer Geschäftsreise aus Mexiko zurückgekehrt, mit der Vertragsverlängerung für unser Team vor Ort in der Tasche. Drei weitere Jahre würden wir nun die Mexikaner dabei unterstützen, Konzepte gegen den tagtäglichen Verkehrskollaps in der Metropolregion ins Werk zu setzen. Natürlich lud ich nach der Vertragsunterzeichnung alle zum Mittagessen ein, auf dem Balkon meines Lieblings-Restaurants am Zocalo mit Blick auf den großen Platz und die altehrwürdige Kathedrale. Alles war prima, aber dann, als hätte sich das Schicksal einen Scherz mit mir erlaubt, saß ich auf dem Weg zum Flughafen stundenlang im Taxi fest, eingekeilt zwischen anderen Autos. Der Taxifahrer, ein gemütlicher Dicker mit buschigem Schnurrbart, redete mir gut zu, erklärte, als ob ich es nicht wüsste, der Dauerstau sei normal und bot mir von seinen Tortilla-Chips an, die er sich selbst unentwegt in den Mund schob. Meinen Flug verpasste ich folglich und musste durch den Flughafen hetzen, um wenigstens von einer anderen Airline mitgenommen zu werden.

Ich nahm den Brief in die Hand. Das Kuvert war aus dünnem Papier, hellblau mit rot-blau gestricheltem Rand, drei Briefmarken mit dem Konterfei Khomeinis, handschriftlich an mich adressiert. Drinnen befand sich ein dicht beschriebenes Blatt, auf dem sich die vertrauten persischen Schriftzeichen mit ihren vielen Punkten über und unter den Buchstaben aneinanderreihten. Ich verstand nichts. Bei genauerem Hinschauen konnte ich in der ersten Zeile immerhin „Abbas" entziffern, das war das einzige persische Wort, das ich jemals zu lesen und zu schreiben gelernt hatte. Solche Luftpostbriefe kannte ich aus meiner Kindheit. Hatte Mutter ein, zwei Wochen lang keine Nachricht von ihrer Schwester aus Teheran erhalten, wurde sie unruhig. Jeden Tag sah sie im Briefkasten nach. Fand sie endlich ein Schreiben vor, riss sie den Umschlag noch im Treppenhaus auf und las ihn atemlos. Die Neuigkeiten über unsere Tante und die sonstige Verwandtschaft erfuhren wir Kinder dann beim Essen. Den Brief beantwortete Mutter noch am gleichen Abend, brachte ihn am nächsten Tag zur Post, und von da an begann für sie wieder die Zeit des Wartens. Mich interessierten an der Sache nur die Briefmarken. Die verkaufte ich in der Schule für zehn Pfennige das Stück an Gottfried, einen blassen Jungen, der Bücher von Karl May las und Briefmarken sammelte. Ich war sein einziger Freund.

Ich selbst hatte mein Leben lang noch nie Post aus Iran erhalten. Dieser Brief stammte wahrscheinlich von einem Verwandten und war gewiss an Vater gerichtet, sagte ich mir schließlich, steckte ihn in die Innentasche meines Jacketts und fuhr meinen Computer hoch.

Auf dem Bildschirm blinkte eine E-Mail von David Nzimande auf. David war Direktor der nationalen Energiekommission in Südafrika, die wir schon seit Jahren mit einem Team internationaler Experten berieten. In der E-Mail beschwerte sich David über unseren Projektleiter Ferdinand Warnke. Er warf ihm vor, sich in politische Angelegenheiten Südafrikas eingemischt und in einem Radiointerview die Energiepolitik der Regierung kritisiert zu haben.

Warum hatte mich Uwe nicht informiert? Seit zehn Jahren leitete Uwe Müller nun schon unsere

Energieabteilung. Er war einmal mein bester Mann gewesen. Doch in letzter Zeit baute er ab. Er setzte falsche Prioritäten, traf keine und wenn doch die falschen Entscheidungen und verheizte auf diese Weise motivierte Mitarbeiter.

Ich griff zum Telefonhörer.

„Weber, guten Morgen Herr Hamidzadeh", zwitscherte die Sekretärin von Uwe gut gelaunt. „Herr Dr. Müller ist heute Vormittag nicht im Haus."

Die Aussicht, noch Stunden im Ungewissen zu bleiben, behagte mir nicht. Ich wählte Uwes Mobilfunknummer. Die Mailbox sprang an und meine Stimmung kippte. Ich schob die Kaffeetasse weg und warf einen Blick auf meinen Terminplan. Es war ein kurzer Arbeitstag, denn um 18 Uhr musste ich bereits im Seniorenheim sein, und um 19.15 Uhr erwartete mich Maria am Theater. Frau Schubert hatte die Karten besorgt und sie mir zusammen mit einer Kurzzusammenfassung des Theaterstücks hingelegt. Endstation Sehnsucht, in der Inszenierung von Kay Voges.

Am frühen Nachmittag hatte ich ein Zeitfenster von einer halben Stunde. Ich leitete die E-Mail aus Südafrika an Uwe weiter und schrieb dazu: „Rücksprache um 14.30 Uhr". Er sollte ruhig meinen Ärger spüren.

Uwe erschien pünktlich. Er war blass und auf seiner Stirn hatte sich ein Schweißfilm gebildet. Sein Krawattenknoten war verrutscht.

„Alles in Ordnung, Uwe?", fragte ich ihn.

Er straffte sich und nickte entschieden.

„Alles bestens."

Wir setzten uns an den ovalen Besprechungstisch.

„Südafrika", sagte ich.

Er wich meinem Blick aus.

„Ich weiß nicht, was in Warnke gefahren ist."

Warnke war kein festangestellter Mitarbeiter, sondern hatte wie die meisten Auslandskräfte einen Projektvertrag. Er hatte sich vor seiner Ausreise nach Südafrika bei mir vorgestellt und einen guten Eindruck hinterlassen.

„Wie kommt er dazu, ein Radiointerview zu geben?"

„Der Stellvertretende Direktor hat ihn darum gebeten."

„Was hat Warnke denn gesagt?"

„Er hat über die häufigen Stromausfälle gesprochen und sie auf Managementversagen und Korruption im Energiesektor zurückgeführt."

„Ist der Mann wahnsinnig?"

„Was Warnke in dem Interview gesagt hat, kann man seit Jahren in der Zeitung lesen. Das ist eigentlich nichts Neues."

Das wusste ich selbst. Die Wahrheit zu kennen war eine Sache, sie öffentlich zu verkünden eine andere.

„Wir werden jetzt mit ihm sprechen", entschied ich und ließ mich von Frau Schubert verbinden.

Kurz darauf hatte ich unseren Mann in Johannesburg in der Leitung.

„Guten Tag, Herr Warnke. Hamidzadeh aus Frankfurt", begrüßte ich ihn. „Neben mir sitzt Herr Dr. Müller, das Telefon ist auf laut gestellt."

Warnke benötigte einige Sekunden, um zu reagieren. Als ich dann seine fränkische Aussprache mit dem rollenden „r" hörte, hatte ich wieder diesen Ein-Meter-Neunzig großen Mann mit grauen Haaren vor meinem inneren Auge.

Warnke bestätigte, der Stellvertretende Direktor habe ihn gebeten, das Radiointerview zu geben und notwendige Veränderungen im Energiesektor anzumahnen. Seine Stellungnahme als internationaler Experte würde die Reformkräfte im Lande stärken, habe der ihm erklärt.

„Es war doch zu erwarten, dass Sie damit ein Minenfeld betreten", stellte ich fest.

Ich wechselte mit Uwe einen Blick.

„Wie kann es sein, dass Sie als erfahrener Berater so etwas nicht einschätzen können?"

Schweigen am anderen Ende der Leitung. Warum sagte er nichts? Wollte er mich herausfordern?

„Hören Sie," ich verschärfte meinen Ton, „wir beraten Regierungen und deren Behörden bei der Lösung wirtschaftlicher und sozialer Probleme. Wir lassen uns nicht in interne politische Auseinandersetzungen hineinziehen, niemals. Haben wir Kritik, so äußern wir sie gegenüber unseren Auftraggebern hinter verschlossener Tür, und auch dann nur, wenn wir einen Verbesserungsvorschlag haben." Ich merkte, dass ich laut geworden war und ging zu einem geschäftsmäßigen Ton über. „All das wissen Sie natürlich. Also was um Gottes Willen ist in Sie gefahren?"

„Nadeli Patel hat mich zur Eile gedrängt."

„Wer ist das?"

„Sorry, das ist der Stellvertretende Direktor."

„Herr Warnke, mit diesem Interview haben Sie sich in die politischen Angelegenheiten des Einsatzlandes eingemischt und damit gegen Ihren Arbeitsvertrag verstoßen."

„Aus meiner Sicht ist das ist keine politische, sondern eine fachliche Angelegenheit."

„Das sieht David Nzimande anders. Mir liegt sein Schreiben vor. Sie sind bis auf Weiteres beurlaubt. Halten Sie sich bitte vorerst von der Kommission fern. Und keine weiteren Äußerungen gegenüber den Medien."

„Herr Hamidzadeh, ich habe lediglich …"

„Auf Wiederhören."

Ich legte den Hörer auf und fragte mich, was ihm der Stellvertretende Direktor für dieses Interview versprochen hatte.

Nachdem Uwe mein Büro verlassen hatte, bat ich Frau Schubert, mich mit David Nzimande zu verbinden. Doch der war nicht zu erreichen.

2

In der Seniorenresidenz nahm ich grundsätzlich die Treppe, das ging schneller. Die Aufzüge waren ständig besetzt. Bis die alten Leute ihre Rollatoren in den Lift hinein und wieder hinausbugsiert hatten, dauerte es. So viel Geduld hatte ich nicht. Maria meinte ohnehin, ich solle nur noch die Treppe benutzen, egal wo, auch im Büro. Letzteres war völlig absurd. Wer lief schon 14 Stockwerke die Treppe hinauf? Marias Kritik, dass ich keinen Sport trieb, riss nicht ab. Anfang des Jahres hatte ich mich schließlich bei einem Fitnesscenter angemeldet. Als ich ihr das erzählte, gab sie mir einen Kuss. Jetzt lief ich also die Treppe hoch, es waren nur drei Stockwerke. Vater lebte nun schon seit fünf Jahren in der Seniorenresidenz, wo er eine Zwei-Zimmerwohnung mit Balkon bezogen hatte. Sein neues Domizil erinnerte ein wenig an seine alte Wohnung, darauf hatte ich bei der Einrichtung geachtet. Perserteppiche bedeckten den Parkettboden und von der Wand lächelte ihn Mutter an: jung, schön und gespannt auf dieses Deutschland, in das sie gerade eingewandert waren. Das Porträt war in dem Fotostudio in der Großen Eschenheimer Straße aufgenommen worden, den Laden gab es schon lange nicht mehr. Das musste 1959 oder 1960 gewesen sein. Vaters Bronzefiguren, hellenische Athleten und Jugendstil-Schönheiten, die er früher so leidenschaftlich gesammelt hatte, verteilten sich über die beiden kleinen Zimmer. Ich konnte mich noch an Mutters nachsichtiges Lächeln erinnern, wenn er wieder einmal mit einer neu erworbenen „Antiquität" nach Hause kam, begeistert wie ein kleiner Junge. Auf dem Sideboard stand sein Kurzwellenradio, mit dem er früher Nachrichten des Londoner Exilsenders gehört, beim Abendessen wiedergegeben und sich dabei über die neuesten Verbrechen des Schahs aufgeregt hatte.

Die Fotos seiner Kinder und Enkelkinder hatte ich auf einem Beistelltisch nebeneinander aufgereiht, unser letztes Familienfoto in der Mitte. Wir hatten es ein Jahr vor Mutters Tod bei Azadeh auf der Terrasse aufgenommen. In der Mitte stand meine Schwester, ihre Arme um die Schultern der Eltern gelegt, an Vaters Seite war ich, und neben mir mein Bruder Hamid, der gerade braungebrannt aus Peru zurückgekehrt war.

Vater war in seinem neuen Ohrensessel eingeschlafen, und im Fernsehen lief bei maximaler Lautstärke ein Tierfilm. Ich schaltete das Gerät auf stumm und schaute mich nach den Hörgeräten um. Sie lagen achtlos auf dem Teppich neben dem Sessel, ich war froh, nicht versehentlich darauf getreten zu sein. Ich steckte ihm nacheinander die beiden Geräte wieder in die Ohren und begrüßte ihn mit lauter Stimme:

„*Salam Pedar.*"

Jetzt erst schlug er die Augen auf.

„*Mein lieber Abbas. Wenn du kommst, geht die Sonne auf. Ich bin so einsam. Nie im Leben hätte ich gedacht, dass ich so enden würde, abgeschnitten von der Welt. Ach, ach.*"

Ich streichelte seine Glatze. Vater war keineswegs allein. Wenn ich mit ihm im Gebäude unterwegs war, blieb er bei jedem und jeder stehen und erkundigte sich, auf den Lenker seines Rollators gestützt, wie es denn so gehe, hörte sich die Klagen der Heimbewohner an und versprach Abhilfe, ganz so, als sei er der Chef des Hauses. An das meiste, was ihm bei diesen Gelegenheiten erzählt wurde, konnte er sich eine halbe Stunde später schon nicht mehr erinnern. Und da auch seine Mitbewohner meistens wieder vergaßen, worüber sie sich soeben noch aufgeregt hatten, blieb alles im Gleichgewicht. Besonders den Damen hatte er es angetan. Im Seniorenheim hatte er den Ruf, ein Gentleman zu sein, was vielleicht daran lag, dass er stets Anzug und Krawatte trug und so galant war. Einige Pflegekräfte verdrehten die Augen, wenn sie ihm morgens zusätzlich zu ihrem üblichen Pensum auch noch die Krawatte binden mussten. Um sie bei Laune zu halten, steckte ich ihnen gelegentlich einen kleinen Geldschein zu. Es gab drei Damen, die um Vaters Gunst warben. Eine davon schien seine Favoritin zu sein, er sprach immer von einer Ursula. Ich hatte eine der Altenpflegerinnen gebeten, mir Ursula mal zu zeigen. Eine Mitbewohnerin, die so hieße, gebe es nicht, wurde mir beschieden. Vater stellte sie mir schließlich selbst vor, die bezaubernde achtzigjährige Frieda.

Ich bereitete als erstes Tee zu. Dann machte ich es mir auf dem kleinen Sofa bequem und stellte mich darauf ein, Vater zuzuhören. Er sprach am liebsten von weit zurückliegenden Geschehnissen, die ihn nun von Neuem aufwühlten. Aus ihnen leitete er Lehren ab, die er mir mit auf den Weg gab. Dann griff er nach meinem Arm und sah mir eindringlich in die Augen, bis ich nickte und sagte „*Ja, Pedar*". All diese Geschichten hatte ich schon unzählige Male gehört, war mit ihnen groß geworden. Ich richtete mich darauf ein, Menschen und Begebenheiten aus Vaters Vergangenheit an mir vorbeiziehen zu lassen, während ich meinen eigenen Gedanken nachhing. Hier wurde nichts weiter von mir erwartet als da zu sein.

Vater sah mich besorgt an.

„Wo ist Hamid? Warum kommt er nicht mehr vorbei? Ist er krank?"

Die Sorge um Hamid ließ ihn nicht los.

„Der ist doch in Südamerika. Er leitet dort ein wichtiges Projekt und muss längere Zeit bleiben."

„Ich will ihm gleich schreiben. Hol dir Papier und einen Stift …", befahl Vater.

„Später, Pedar, jetzt brauche ich erst einmal Ihre Hilfe."

Ich holte den Luftpostbrief, den ich aus dem Iran erhalten hatte, hervor und bat Vater, ihn mir vorzulesen. Mit der großen Lupe vor den Augen gab er den Inhalt wieder. Trotz der überaus höflichen und verschnörkelten Ausdrucksweise, der vagen Andeutungen und der sehr indirekt vorgetragenen Wünsche verstand ich schnell, worum es ging.

„Die wollen, dass ich einen jungen Verwandten bei mir aufnehme", fasste ich zusammen.

Der Brief schien Vater zu beleben so wie stets, wenn sich ihm eine Gelegenheit bot, verschüttete Erinnerungen freizulegen.

„Mahmud ist der Sohn von Ali Agha, meinem Onkel väterlicherseits. Er dürfte zehn, zwölf Jahre jünger sein als ich. Alles, was er ist, ist er durch mich geworden. Der arme Kerl verlor früh seinen Vater, und ab da kümmerte ich mich um ihn. Nachdem er die Schule abgeschlossen hatte, brachte ich ihn bei der Nationalen Ölgesellschaft unter, wo er dann sein ganzes Berufsleben blieb. Er schreibt über seinen jüngsten Sohn Reza, der jetzt 30 ist.

Der Junge sei hochbegabt, aber im Iran hätte er keine Chance."

Vaters Hand legte sich wie ein Schraubstock um meinen Arm. Ich war erstaunt, welche Kraft noch darin steckte.

„Wer stark ist, hat die Pflicht Schwächeren zu helfen. Manchmal muss man dem Schicksal seiner Mitmenschen etwas nachhelfen. Jeder hat eine Chance verdient, Abbas. Kümmere dich um den Jungen, so wie ich mich um seinen Vater gekümmert habe. Gott wird`s dir vergelten."

„Ja, *Pedar*", sagte ich und dachte, mal sehen.

Es wurde Zeit zu gehen. Ich war froh, als eine Pflegerin erschien, das ersparte mir traurige Abschiedsszenen. Sie hatte nur kurz geklingelt, sogleich die Wohnungstür aufgeschlossen und marschierte geradewegs auf Vater zu, eine kleine energische Person, blond, mit einem offenen freundlichen Gesicht. Sie musste neu sein, ich hatte sie noch nie gesehen.

„Guten Abend, Herr Hamidzadeh. Zeit ins Bett zu gehen", schmetterte sie dem alten Herrn fröhlich entgegen. Sie hatte einen Akzent, ich tippte auf Osteuropa.

„Schwester Hanna. Wie geht es Ihnen?", fragte Vater und wirkte plötzlich um 70 Jahre jünger. „Sie werden jeden Tag schöner, Schwester Hanna. Wie machen Sie das?"

Die Pflegerin warf ihren Kopf nach hinten und lachte.

„Wie ich sehe, haben Sie netten Besuch, Herr Hamidzadeh."

17

Sie drehte sie sich zu mir um und streckte mir die Hand entgegen.

„Guten Abend, mein Name ist Hanna Waslewska. Und Sie sind bestimmt der Sohn."

Waslewska klang russisch. Ihr Händedruck war so fest, wie ich ihn bei Frauen selten erlebt hatte, so als wollte sie mir damit zu verstehen geben, dass sie keinesfalls zu unterschätzen sei. Aber dann hielt sie sich nicht länger mit mir auf, kniete sich vor Vater hin und begann, ihm die Stützstrümpfe auszuziehen.

„Trinken Sie Tee mit uns", lud Vater sie ein und befahl mir auf Persisch, eine saubere Tasse hinzustellen.

„Nein, Herr Hamidzadeh", sagte die Russin mit gespielter Strenge. „Jetzt ist Schlafenszeit."

Mir gefiel es nicht, dass Vater schon so früh ins Bett gesteckt wurde. Aber so waren die Arbeitsabläufe im Heim. Für mich gab es hier nichts mehr zu tun.

„Ich muss gehen, Maria wartet schon. Wir haben Karten fürs Theater", sagte ich laut genug, damit auch Vater es verstand und strich ihm zum Abschied über den Kopf. Aber er hatte nur Augen für die Pflegerin.

Beim Hinausgehen hörte ich, wie sie zu Vater sagte: „So Herr Hamidzadeh, jetzt helfe ich Ihnen, den Schlafanzug anzuziehen."

Der langgezogene Flur auf Vaters Stockwerk war verwaist, unten im Restaurant wischte eine Mitarbeiterin in blauem Kittel die Tische ab und im Eingangsbereich drehte eine alte Dame über ihren Rollator gebeugt in aller Ruhe ihre letzten Runden, bevor auch sie sich zur Nachtruhe begeben würde.

Der Theatersaal lag im Dämmerlicht, Stille, hier und da ein leises, verlegenes Räuspern. Der Vorhang öffnete sich und gab die Bühne frei: die Frontansicht eines Hauses, oben die dunkle Holzfassade, unten ein hell erleuchtetes Wohnzimmer, runder Tisch, Stühle, Bett, im Hintergrund ein Fenster, das den Blick ins Freie andeutete. Maria saß etwas steif neben mir. Sie sah hübsch aus in ihrem schwarzen Kostüm. Ich schob sanft meine Hand auf ihre. Sie verschränkte die Arme und würdigte mich keines Blickes. Ich war in letzter Minute eingetroffen, das Foyer war bereits leergefegt, nur Maria stand noch verloren da und funkelte mich zornig an. Ich hätte früher bei Vater weggehen sollen, sagte ich mir. Aber für Erklärungen war jetzt keine Zeit. Wir stürmten zwei Stufen auf einmal nehmend die Treppen hinauf und erreichten immerhin noch rechtzeitig den Theatersaal, bevor die Türen geschlossen wurden. Als wir die in unserer Reihe bereits Sitzenden nötigten, für uns aufzustehen und uns zu unseren Plätzen durchzulassen, senkte ich, unablässig „Danke" murmelnd, meinen Blick, um bloß keinem bekannten Gesicht zu begegnen, man wusste nie, Frankfurt war eine kleine Stadt, ständig lief man jemandem über den Weg.

Ich versuchte es noch einmal, indem ich meine

Hand auf ihren Oberschenkel legte. Ohne die Augen von der Bühne zu wenden, schob sie die Hand weg. Mit diesem Theaterbesuch hatte ich ihr eigentlich eine Freude machen wollen.

„Wenn du in dieser Wettbewerbswelt die Nase vorn haben willst, musst du an dein Glück glauben", sagte Stanley auf der Bühne und verkörperte in seiner machohaften Jämmerlichkeit doch einen Menschen, der nie die Nase vorne haben wird, egal an was er glaubt, dachte ich. Die anderen Figuren ebenso wenig, die abgehalfterte Blanche Du Bois oder ihre Schwester Stella, sie alle waren in einer ausweglosen Lage, bildeten sich aber wer-weiß-was ein.

„Mir kommt vor, man hat dich verarscht, und wenn man dich verarscht, dann hat man auch mich verarscht. Und ich lass mich nicht gern verarschen", rief Stanley nun.

Meine Güte, was für ein Satz, dachte ich.

Nach der Vorstellung schlug ich Maria vor, im Bockenheimer Weinkontor eine Kleinigkeit zu uns zu nehmen. Sie wolle nach Hause, entgegnete sie kühl, ohne mich anzusehen. Ich war müde von der Reise, die Vorstellung früh schlafen zu gehen, erschien mir zwar verlockend, aber nicht unter diesen Umständen.

„Es tut mir leid, dass ich zu spät gekommen bin."

„Lass mich in Ruhe mit deinen ewigen Entschuldigungen. Die halten immer nur bis zum nächsten Mal."

Ihr schneidender Ton ärgerte mich. Ich war zu spät

gekommen, aber ich hatte kein Verbrechen begangen.

„Dann fahren wir eben nach Hause", sagte ich.

Das Weinkontor war gut besucht, an der Bar drängten sich überwiegend junge Leute und ein paar Anzugträger, die wohl aus den naheliegenden Banktürmen kamen. Ich entdeckte eine freie Nische, die in die weiß getünchte Wand eingelassen war. Rote Sitzkissen sorgten für den nötigen Komfort. Nachdem die Bedienung für Maria ein Glas Chardonnay und für mich einen Tee hingestellt hatte, sagte ich ihr, wie gut ihr das Kostüm stünde und wartete auf ein Lächeln, ein Dankeschön von ihr. Aber anstatt dessen fragte sie, ob ich gut geschlafen habe. Ich ließ die Bemerkung an mir abtropfen.

„Wie fand'st du denn das Stück?", fragte ich.

„Immerhin hast du nicht geschnarcht."

Ich lehnte mich zurück und trank in Ruhe meinen Tee. Der Tag war zu lang, um mit einem Streit zu enden.

„Also, dieser Stanley ist doch ein entsetzlicher Mensch, ein dumpfer, brutaler Macho", sagte Maria nach einer Weile.

„Darum geht es doch gar nicht."

„Ach ja? Sondern?"

„Also, da ist auf der einen Seite Stanley, ein polnischer Einwanderer, der aufsteigen will, ohne wirklich etwas dafür zu tun. Auf der anderen Seite Blanche, die Großgrundbesitzertochter, die ihren eigenen sozialen Absturz nicht wahrhaben will. Eine Frau, die einem Wrack gleicht und am Ende ihrer Möglichkeiten angekommen ist. Sie zehrt vom verlorenen Glanz, und er träumt davon, zu den Bessergestellten zu gehören. Beide sind in ihren Träumen gefangen. Sie verachten einander."

Maria musterte mich. Ich kannte diesen Blick, sie dachte nach.

„Dafür, dass du geschlafen hast, hast du eine Menge mitbekommen", sagte sie schließlich. Es klang fast freundlich.

Ich griff nach ihrer Hand, froh, dass sie mir nicht mehr böse war.

„Du alter Ignorant", sagte sie leise und erwiderte den Druck meiner Hand.

Ich beugte mich vor, um ihr einen Kuss zu geben, da fuhr sie fort: „Das erklärt auch den Titel des Stücks."

„Endstation Sehnsucht?", fragte ich.

„Ja, weil beiden nichts als die Sehnsucht bleibt."

„Die sich aber nie erfüllen wird. Blanches glanzvolle Vergangenheit ist unwiederbringlich verloren. Und Stanley ist und bleibt nichts weiter als ein Großmaul."

„Ihre Sehnsucht hält sie am Leben."

„Und hindert sie daran, sich zu verändern."

„Das mag auf die Beiden zutreffen, aber das ist doch nicht immer so."

„Sehnsüchte erfüllen sich nie, das macht sie aus."

„Aber wir können uns ihnen annähern."

„Im besten Falle."

„Weißt du, was ich manchmal denke?" Maria griff nach meiner Hand. „Wenn wir in einer nicht mehr allzu fernen Zukunft richtig alt sein werden, werden wir uns an Tage wie diese erinnern und uns zurücksehnen. Unser kleines Glück heute wird dann zu einer Sehnsucht geronnen sein."

Mein Smartphone vibrierte.

„Entschuldige."

Ich griff in meine Hosentasche, um das Gerät hervorzuholen.

„Lass es", sagte Maria.

„Was?"

„Dein Handy."

„Es ist wichtig", beharrte ich.

Ich zögerte, der nächste Streit stand bevor. Da schenkte sie mir ein Lächeln, und die verpasste Nachricht verlor mit einem Mal an Bedeutung.

3

Ich saß auf meinem üblichen Platz an der Fenster-front des Café Siesmayer. Regen prasselte auf die Terrasse. Die Wassertropfen auf der Glasscheibe glichen einem Perlenvorhang, hinter dem sich der Rasen, die Blumenbeete und die Bäume des Palmengartens abzeichneten. Typisches Aprilwetter, mich störte es nicht. Das Café war wie jeden Sonntagvormittag gut gefüllt mit frühstückenden Paaren, die sich etwas Besonderes gönnen wollten. Der Duft von Rühreiern mit Speck wehte vom Nachbartisch zu mir herüber. Ich nahm einen Schluck Tee und vertiefte mich in die Frankfurter Allgemeine Sonntagszeitung. In einem langen Artikel wurde über ein Schiffsunglück vor der Küste von Sizilien berichtet. Hunderte Flüchtlinge waren ums Leben gekommen. *„Etwa 700 Menschen*

würden vermisst, sagte die Sprecherin des UN-Flüchtlingshilfs-
werks der UNHCR am Sonntag dem italienischen Fernsehsender
„RAInews24“. Der überfüllte Fischkutter kenterte demnach in
der Nacht zum Sonntag rund 110 Kilometer vor der lybischen
Küste im Kanal von Sizilien." Ich ließ die Zeitung sinken.
Monat für Monat ertranken hunderte Flüchtlinge.
Ihre Leichen waren kaum geborgen, da bereitete sich
schon die nächste Kohorte auf die Überfahrt vor, bereit dieses Wagnis auf sich zu nehmen.

Die hässlichen Bilder kann man nur vermeiden,
wenn man die Leute legal einreisen lässt, dachte ich.
Aber wenn jeder kommen kann, dann wollen alle
kommen, und was dann?

Ich blätterte weiter und stieß auf einen Artikel
über Krawalle, die nun Johannesburg erreicht hätten.
Südafrika! Das war wichtig. Ging es etwa um Stromausfälle und um Korruptionsvorwürfe im Energiesektor? Nein, stellte ich fest. Die landesweiten Unruhen
richteten sich gegen Einwanderer aus anderen afri-
kanischen Ländern. Eine Welle des Fremdenhasses
hatte das Land erfasst, der aufgebrachte Mob jagte
Migranten, plünderte ihre Läden und zündete sie an.
Allein in Durban waren sechs Menschen ums Leben
gekommen, ein äthiopischer Händler bei lebendigem
Leib verbrannt. Meine Güte, dachte ich, selbst in
Südafrika. Immerhin war unser Geschäftsfeld nicht
betroffen. Und wer weiß, in diesem Tohuwabohu
würde vielleicht Warnkes dämliches Interview nicht

so sehr auffallen. Mit dem Radiointerview hatte der Kerl unser gesamtes Südafrika-Geschäft gefährdet. Die südafrikanische Presse hatte sich sofort darauf gestürzt und bekannte Korruptionsfälle im Stromsektor erneut aufgerollt. Der Energieminister wies in den Fernsehnachrichten die Vorwürfe zurück, und der Leiter der Kommission erklärte, der ausländische Berater habe nur seine private Meinung geäußert. Wie dem auch sei, mir war nichts anderes übriggeblieben als Warnke unverzüglich aus dem Projekt abzuziehen. So kurzfristig Ersatz für ihn finden, würde nicht leicht werden.

Maria hatte nur den Kopf geschüttelt, nachdem sie sich die Geschichte angehört hatte.

„Und was ist, wenn der Mann recht hat?"

„Natürlich hat er recht, aber darum geht es nicht", erwiderte ich und ahnte schon, worauf sie hinauswollte. Maria mit ihren hohen moralischen Ansprüchen teilte nach wie vor die Welt in Gut und Böse ein, und wer glaubte sich durchlavieren zu können, wurde zwischen beiden Seiten zermahlen. Grautöne gab es bei ihr nicht.

„Dann lass die Finger von dem Projekt."

Andererseits liebte ich sie für ihre Entschiedenheit. Ich lachte. Wenn ich wegen eines solchen Vorfalls einen Auftrag platzen ließ, könnte ich gleich meine ganze Firma schließen, das müsste sie eigentlich wissen.

„Ich meine es ernst. Da ist was faul."

Nein, am wichtigsten ist jetzt, das weitere Geschäft in Südafrika zu retten, sagte ich mir. Ich bat um die Rechnung. Es war schon zwanzig vor eins, Zeit, mein Fitness-Training zu beenden. Maria wartete bestimmt schon mit dem Mittagessen auf mich. Ich würde meine Sporttasche unübersehbar im Wohnzimmer fallen lassen, sie mich in ihre Arme schließen, an mir schnuppern, sagen „Bäh, du riechst nach Schweiß" und mich unter die Dusche schicken. Seit meiner Anmeldung hatte ich das Fitnesscenter nicht wieder betreten. Das Café Siesmayer war in der Nähe, mir gefiel das Ambiente, außerdem gab es hier eine gute Auswahl an Tageszeitungen. So stahl ich mir drei Stunden, die ich ganz für mich hatte, ohne Besprechungen, Termine und gesellschaftliche Verpflichtungen, ohne Maria und ohne meinen Vater.

4

Den ganzen Vormittag hatte ich eine Besprechung nach der anderen. Gegen Mittag brachte mir Frau Schubert ein Käsebrötchen und ein Schälchen Salat an den Schreibtisch. Ich war froh, nun wenige Stunden Ruhe zu haben, bevor es ab 15 Uhr weiterging.

Eine Lösung für das Südafrika-Geschäft hatte ich immer noch nicht. Dazu brauchte ich Ruhe. Mit dem Rausschmiss von Warnke war es nicht getan. Mein Blackberry brummte. Ich schaute auf das Display. Drei verpasste Anrufe von Maria, zwei Textnachrichten von ihr. Ich schob das Gerät zur Seite, ich musste mich konzentrieren. Das Vertrauensverhältnis zu unserem Auftraggeber war gestört. Da musste ich ansetzen. Mein Telefon klingelte.

„Ja?"

„Ich weiß, ich soll nicht stören", meldete sich Frau Schubert, „aber es ist Ihre Frau. Sie hat schon mehrmals angerufen."

„Nicht jetzt. Sagen Sie ihr bitte, ich rufe sie zurück."

Ich legte auf. Also Vertrauen schaffen, Kompetenz zeigen, nahm ich den Faden wieder auf. Eine große Initiative, ja ich musste das Blatt wenden, indem ich mit etwas Neuem kam. Etwas, das den Reputationsschaden, den Warnke angerichtet hatte, wieder gutmachte. Ein Workshop, überlegte ich, offiziell ausgerichtet von der Kommission, konzipiert und durchgeführt von uns. Ich griff zum Telefon. Kaum war Uwe in der Leitung, kam ich zur Sache und erläuterte ihm die Idee. Große Veranstaltung, Teilnahme des Energieministers und Vertretern verschiedener internationaler Geber, wie der Europäischen Union, Großbritannien, Deutschland. Großer Zirkus, neue Ideen, Anstoß einer Reformdiskussion. Natürlich tragende Rolle des Kommissionsleiters, im Grunde genommen seine Party, etwas mit dem er angeben kann.

„Klingt gut", sagte Müller.

„Schreib bitte ein Konzept. Rechne alles durch, Honorare, Logistik, Reisekosten. Wir werden es David Nzimande vorschlagen."

„In Ordnung."

„Prima. Schaffst du es bis morgen früh?"

Ich legte auf und streckte mich. So kämen wir wieder in die Offensive.

Das Telefon klingelte.

„Frau Schubert?"

„Ihre Frau ist in der Leitung. Sie besteht darauf, mit Ihnen zu sprechen."

„Stellen Sie durch."

„Sag mal, warum rufst du nicht zurück? Ich rufe jetzt schon zum x-ten Mal an."

„Um was geht`s denn?"

„Wir haben überraschenden Besuch. Aus Iran. Dein Großneffe Reza sitzt hier. Kannst du bitte so schnell wie möglich nach Hause kommen?"

Großneffe? Reza? Der Luftpostbrief aus Teheran, jetzt fiel es mir wieder ein. Ich hatte gehofft, das Problem erledige sich von selbst. Wie naiv von mir. Was fiel diesem Menschen ein, sich so aufzudrängen?

„Abbe? Warum sagst du nichts?"

„Ja gut, ich komme dann nach Hause."

Auf dem Weg nach draußen bat ich Frau Schubert, meine Nachmittagstermine zu verschieben.

„Ist etwas vorgefallen?", erkundigte sich meine Sekretärin.

Ich mochte Frau Schubert, aber sie war entschieden zu neugierig.

„Bis morgen", verabschiedete ich mich.

Ich konnte mich nicht erinnern, wann ich das letzte Mal mitten am Tag nach Hause gefahren war. Im Auto hörte ich die Nachrichten. Die syrische Luftwaffe hatte erneut Fassbomben abgeworfen und 14 Zivilisten getötet. In der Ukraine waren die Kämpfe zwischen der Armee und prorussischen Separatisten wieder aufgeflammt. Die Sonne schien ins Auto und machte mich etwas schläfrig. Passanten waren in Hemd oder T-Shirts gekleidet, Frauen trugen kurze Röcke, es war warm, der Sommer kündigte sich an. Als der Wetterbericht begann, schaltete ich das Radio aus. Woher wusste dieser Verwandte, wo ich wohnte? Der Brief war an meine Firmenadresse gerichtet, und er selbst erschien an meiner Haustür? Und das ohne jegliche Voranmeldung, so wie früher die Freunde und Bekannten der Eltern, die uns überfallartig besucht hatten. Sonntagnachmittag, wir Kinder schauen auf dem Sofa aneinander gelehnt die neueste Folge von Bonanza im Fernsehen, Mutter strickt und Vater liest seine Exilzeitung, da klingelt es an der Wohnungstür. Kaum öffne ich, streicht mir bestens gelaunt Herr Rejaian *Salam Abbasdjan* rufend über den Kopf, schiebt sich an mir vorbei, seine Frau, sein Schwager und dessen erwachsener Sohn im Gefolge. Mutter springt auf und streicht ihren Rock glatt, Vater faltet in aller Ruhe seine Zeitung zusammen, bevor er den Gästen entgegen geht, und ich werfe mich, „Platz da" zischend wieder neben meine

Geschwister auf das Sofa, um nicht noch mehr von dem Film zu verpassen.

Eine Zeit lang versuchte Vater, Ordnung in diese Besuche zu bringen. Er begrüßte die Freunde unterkühlt wie ein unzufriedener Chef und führte sie, noch bevor er ihnen die Mäntel abnahm, zu unserem schwarzen Telefon im Flur.

„Seht Ihr dieses Gerät? Damit kann man anrufen und seinen Besuch ankündigen. So ist das heutzutage üblich", belehrte er die Gäste.

Die ließen die Maßregelung schweigend über sich ergehen, nur um uns das nächste Mal wieder zu überraschen. Wahrscheinlich verstanden sie gar nicht, was Vater meinte, taten es als eine seiner zahlreichen Marotten ab. Und, so sehr sich Vater über dieses vormoderne Verhalten seiner Landsleute aufregte, freute er sich doch auch über jede Abwechslung. Schon Minuten später verwandelte er sich in den liebenswürdigsten Gastgeber, froh, ein Publikum für seine Anekdoten und seine Schimpftiraden über den Schah und die schlimmen Verhältnisse im Iran zu haben, während Mutter in der Küche verschwand, um Tee zu kochen und alles für die Gäste zu richten. Wir Kinder mussten das Sofa räumen, ansonsten ließ man uns in Ruhe, das Fernsehgerät lief ohnehin den ganzen Sonntag, ob mit oder ohne Besuch.

5

Ich schloss leise die Haustür und horchte. Maria sprach Englisch. Unter der Garderobe standen ein Paar weiße Sneaker. Aha, dachte ich, ein traditionsbewusster Mensch, der eine Wohnung ohne Schuhe betrat. Vom Flur aus warf ich einen Blick ins Wohnzimmer. Auf dem Sofa saß ein Mann mit vollen schwarzen Haaren, Polohemd und Jeans, neben sich ein kleiner Rucksack, die Hände verlegen im Schoß gefaltet. Über seinen Augenbrauen zog sich eine Narbe quer über die Stirn. *„... and Frankfurt is the heart of the German financial sector"*, hörte ich Maria gerade sagen. Vermutlich verstand der arme Kerl kein Wort. Ich trat mit einem lauten *„Salam Aleikum"* ein. Da bist du endlich, sagte meine Frau. Sie klang erleichtert. Der Gast erhob sich.

„Salam, Agha-je Hamidzadeh. Bara-je man eftchar-e bozorgi ast ashna-ije shomara bokonam. Esme man an Reza-je Sarvestani je. Pedaram chejli salam miressanat wa omidwar-ast ke hale schoma chub bashad wa ke ham chodetun, ham chanum wa batshe-ha salamat bashid."

Es war ungewohnt, jemanden anderen als Vater Persisch sprechen zu hören.

„Es ist ihm eine Ehre, uns kennenlernen zu dürfen. Sein Name ist Reza Sarvestani. Sein Vater lässt uns herzlich grüßen und hofft, dass wir alle bei guter Gesundheit sind", übersetzte ich für Maria. Sie trug ein grünes Sommerkleid, es musste neu sein.

Das also war der jüngste Sohn des Cousins meines Vaters, also mein Großcousin, oder wie nannte man das? Hatten Reza und ich den gleichen Urgroßvater oder die gleiche Urgroßmutter, fragte ich mich. Ich hatte einen sehr jungen Mann erwartet, dieser hier aber wirkte schon recht erwachsen. Ich entschloss mich, ihn dennoch zu duzen, auf Deutsch würde ich es auch so machen.

„*Willkommen, mein lieber Reza. Hattest du eine gute Reise? Bitte, nimm doch wieder Platz*", begrüßte ich ihn auf Persisch und ließ mich selbst nieder.

Der Verwandte sagte mir, er habe schon so viel Gutes über mich gehört. Von wem, fragte ich mich. Die Freude sei ganz meinerseits, entgegnete ich. Er griff in seinen Rucksack und holte einen in blaues Seidenpapier eingeschlagenen Gegenstand hervor, blickte von mir zu Maria und überreichte schließlich ihr mit beiden Händen das Geschenk.

„*Oh, thanks*", entfuhr es Maria. Befreit von dem Geschenkpapier kam ein Kästchen aus dunkelrotem und braunem Holz mit feinen Elfenbein- und Perlmutteinlagen zum Vorschein. Solche Einlegearbeiten kannte ich aus meinem Elternhaus, aber keines war so schön gewesen wie dieses Kleinod. „*This is really beautiful.*" Sie drehte und wendete das Kästchen und strich über die Oberfläche.

„*It`s made by a well-known artist from Isfahan, a friend of my family.*" Reza sah mich an. „*Our family.*"

Jetzt übertreib mal nicht, dachte ich etwas amüsiert und war doch erleichtert, dass sich mein Verwandter so gut benahm. Maria hatte er jedenfalls schon für sich eingenommen. Die englischen Worte kamen ihm mühelos über die Lippen, er hatte sogar einen amerikanischen Akzent.

„*Vielen Dank. Mögen deine Hände niemals schmerzen*", bedankte auch ich mich nun auf Persisch.

Er senkte seinen Blick und erwiderte, es sei nicht der Rede wert.

„*Ich hoffe, du hattest eine angenehme Reise.*"

„*Danke, ja. Es ist alles gut gegangen.*"

„*Wo ist dein Koffer?*"

Der sei bei Freunden, er sei schon letzte Woche angekommen. Ich wunderte mich, von Freunden hatte in dem Brief nichts gestanden.

„Wie ist denn der Service bei Iran Air? Kommt es eigentlich oft zu Verspätungen? Es ist wohl schwer Ersatzteile zu beschaffen wegen der ... "

Ich wusste nicht, was Sanktionen auf Persisch hieß.

„.. wegen der Amerikaner, oder?"

„Die internationalen Flüge sind in Ordnung. Bei den Inlandsflügen gibt es gelegentlich Probleme, wegen der alten Maschinen russischer Bauart."

Die Tasse vor ihm war leer, ich schenkte ihm nach. Maria hatte ihm außer Tee nichts angeboten. An ihrer minimalistischen Bewirtung von Gästen hatte sich in all den Jahren unseres Zusammenlebens nichts geändert. Sie freute sich über Besuch, daran lag es nicht. Ihr fehlte einfach das Gespür für Gastlichkeit. Mir warf sie vor, immer so maßlos zu übertreiben und Gäste mit Essen und Trinken überschütten zu wollen. Als ob es darauf ankäme, pflegte sie zu sagen. Ich hatte es aufgegeben, mit ihr darüber zu diskutieren. Ärgern tat ich mich trotzdem. Dieser Verwandte musste denken, bei uns nicht willkommen zu sein. Ich überlegte, die Obstschale vom Esstisch zu holen, wenigstens das. Aber unser Gast würde sich wundern, warum sich der Hausherr selbst bemühte. Ich blickte zu Maria. Sie sah meinen Verwandten freundlich an, schien mit sich und dem Besuch im Reinen zu sein.

„Ach ja? Bei meinen Geschäftsreisen nach Afrika und Lateinamerika sind die Inlandsflüge oft auch ein Problem. Einmal wäre ich beinahe abgestürzt. Das war in Guyana, wir flogen *über den Dschungel, da fing die Maschine an, bedrohliche Geräusche von sich zu geben und zu wackeln. Wir kehrten umgehend zurück nach Georgetown, das ist die Hauptstadt von Guyana. Ich nehme lieber viele Stunden im Geländewagen auf mich, als mich auf unsichere Flüge einzulassen."*

Er lächelte nur höflich. Okay, das war nicht sein Thema. Ich erkundigte mich, ob dies seine erste Reise nach Europa sei. Ja, er sei sehr gespannt, erwiderte er und ließ seinen Blick durch unser Wohnzimmer gleiten, über die Bücherwand, den großen Esstisch aus Teakholz, hin zur offenen Terrassentür und dem Garten, der sich dahinter erstreckte. Die beiden Bilder von Fernando Botero betrachtete er eingehend. Man sah ihnen nicht an, dass es sich um Kopien handelte. Maria und ich hatten sie bei einer Reise nach Bogotá gekauft, *The Street* und *Una Familia*. Konnte er mit moderner Kunst etwas anfangen? Ich verzichtete darauf ihn zu fragen, womöglich würde ich ihn in Verlegenheit bringen.

„Nun, am besten schaust du dir in den nächsten Tagen erst einmal Frankfurt an", schlug ich ihm vor. *„Ich werde eine Stadtrundfahrt für dich buchen und am Wochenende zeigen wir Dir Sehenswürdigkeiten in der Umgebung."*

„Das ist sehr freundlich. Ich möchte Ihnen keine Mühe bereiten."

Seiner Miene war nicht zu entnehmen, ob ihm mein Vorschlag gefiel oder nicht. War das jetzt ein Ja oder ein Nein, fragte ich mich.

„Vielen Dank. Sie sind sehr liebenswürdig", antwortete er.

Ich hatte mehr Begeisterung erwartet. Egal, sagte ich mir.

„Wie ist denn die Lage im Iran?"

Es werde von Tag zu Tag schwieriger, antwortete er und hob zu einem längeren Monolog an, wobei er viel zu schnell, fast schon gehetzt sprach und Wörter verschluckte. Es herrsche große Arbeitslosigkeit, junge Leute fänden keine Wohnungen, das Internet werde kontrolliert, die Komitees seien allgegenwärtig und schließlich sagte er etwas über Gefängnisse. Je länger er sprach, desto größere Mühe hatte ich ihm zu folgen. Als er zwischendrin Luft holte, ging ich dazwischen.

„Entschuldige, du sprachst von Gefängnis. Wer war im Gefängnis?"

Reza antwortete so hastig, als sei ihm jemand auf den Fersen. Es sagte etwas wie *„im ganzen Land gibt es Gefängnisse"*. Ich dachte darüber nach, was er damit meinen könnte und kam zu keinem Ergebnis. Als ich wieder hinhörte, war er schon weiter und sprach vom alltäglichen Leben. Was er sagte, war entweder selbstverständlich oder es ergab keinen Sinn. Des Rätselratens müde gab ich auf und wartete nur noch darauf, dass er zum Schluss kam. Vielleicht spürte er meinen Unwillen, sein Redefluss versiegte und er sah mich fragend an.

„Mein lieber Reza. Du muss mich entschuldigen. Mein Persisch ist etwas eingerostet, offen gestanden. Ich lebe fast mein

ganzes Leben schon in Deutschland. Lass uns Englisch sprechen, dann kann auch meine Frau mitreden."

„Ich bitte Sie, Ihr Persisch ist ausgezeichnet, wenn man bedenkt, wie lange Sie schon fern der Heimat sind."

Ich war mir nicht sicher, ob ich mich über dieses Lob freuen sollte, es klang gönnerhaft.

„Well. Coming back to your question. The whole country is a prison. In other dictatorships you are not allowed to say anything against the dictator and his entourage. In Iran, even everyday life is under control, from women's clothing to couples, who are not allowed to hold hands in public."

Maria stieg sofort ein. *„Have you ever been victim of such haressment yourself?"*

„Like millions of other Iranians," erwiderte Reza und fuhr auf Englisch fort, junge Menschen hätten keine Perspektive. Man müsse sich die Hacken abrennen, um eine Arbeit zu finden, und am Ende lande man bei einem schlecht bezahlten Job, der nichts mit der eigenen Ausbildung zu tun habe. Zeugnisse und Studienabschlüsse, erklärte Reza, seien zu nichts anderem zu gebrauchen, als sie einzurahmen und über das Sofa zu hängen. Viele junge Leute machten sich gleich selbstständig, verfolgten eine vermeintlich sichere Geschäftsidee, nur um bald festzustellen, dass sie ohne die richtigen Verbindungen nichts weiter erreichen würden als Schulden anzuhäufen.

Ich nickte. Vater würde sich bestätigt fühlen, wenn er Reza jetzt hören könnte. Zeitlebens beklagte er die

Missstände im Iran. Es war doch gut, dass er uns vor fast 60 Jahren aus dem Land herausgebracht hatte, dachte ich. „Eure Mutter und ich haben es für Euch getan", wurde er nie müde zu uns Kindern zu sagen, und für uns war es mehr als eine Erklärung, warum wir in einem Land lebten, in dem wir bei jeder Gelegenheit unseren Namen buchstabieren mussten oder gefragt wurden, wo wir herkamen. Es war der unausgesprochene Auftrag: Macht etwas daraus!

„Das ist so schrecklich." Maria sah ihn mitfühlend an.

„Hattest du auch Schwierigkeiten, eine gute Arbeit zu finden?"

Nein, er habe Glück gehabt, er sei Bauingenieur und habe bei einem Immobilienunternehmen als Bauingenieur gearbeitet.

Es lag mir auf der Zunge, ihn zu fragen, warum er dann weg wollte aus dem Iran, wenn er zu den wenigen Glücklichen zählte.

Er gab selbst die Antwort. *„Die Firma ist insolvent gegangen."*

„In Teheran wird viel gebaut, nicht wahr?" Ich hatte darüber gelesen. Es war in den Metropolen anderer Schwellenländer nicht viel anders. Es dauerte nicht lange, dann kam es zu einer Überhitzung, die Folge waren eine Menge notleidender Kredite, Banken gerieten in die Schieflage. Das Thema interessierte mich. *„Es kam also zu einer Immobilienkrise."*

„Das ganze Land ist eine einzige Krise", erwiderte er und ließ mich ratlos zurück. Dann eben nicht.

„Dein Vater hatte geschrieben, du wolltest hier dein Ingenieurstudium fortsetzen."

Reza nickte nur.

„Du willst also promovieren?", fragte Maria und sah ihn freundlich an.

„Vielleicht."

Meine Frau und ich wechselten einen Blick. Vielleicht?

„Hast du denn schon angefangen Deutsch zu lernen?"

„Ich bin ja gerade erst angekommen." Er lächelte, als hätte ich einen Witz erzählt.

„Du hättest in Teheran einen Sprachkurs belegen können. Das hatte ich deinem Vater geschrieben."

„Ach ja?"

„Ich melde dich gleich morgen bei einem Sprachinstitut an", schlug ich vor.

Den Brief seines Vaters hatte ich mehrere Wochen mit mir herumgetragen. Ich stellte mir einen verzweifelten Vater vor, dem der Sohn entglitten war und der mir nun die Verantwortung übertragen wollte. Wie sollte jemand, dem es in der vertrauten Umgebung nicht gelungen war, sein Studium abzuschließen, es in der Fremde schaffen, fragte ich mich. Ich sah mich mit Reza in den überfüllten Gängen des Ausländeramts auf einen Stempel in seinem Reisepass warten und ihn an der Universität anmelden, zu der er nicht gehen würde, weil so Vieles verlockender war. Am Ende würde ich mich mit ihm nur herumärgern. Da ich nicht wusste, was ich tun sollte, hatte ich nichts getan. Ein schlechtes Gewissen hatte ich dennoch. Ich beriet mich mit Maria, und die meinte, der junge Mann solle doch erst einmal zeigen, dass er es ernst meine. Also schrieb ich auf Englisch zurück, ich sei gerne bereit zu helfen, empfehle Reza jedoch, zunächst in Teheran Deutsch zu lernen. Eine Antwort erhielt ich nicht. Damit war die Angelegenheit für mich erledigt gewesen und vergessen.

„Jetzt gehen wir zu unserem Lieblingsitaliener", unterbrach uns Maria. *„Mögen Sie italienisches Essen? Sie haben sicherlich schon großen Hunger nach der langen Reise."*

6

Die Stimme des Flugkapitäns durchbrach die Stille und beendete meine Nacht. Schlaftrunken legte ich den Gurt an und stellte meinen Sitz gerade. Es war 8 Uhr morgens, ich hatte nur zwei Stunden geschlafen, fühlte mich zerschlagen und wünschte mir nichts dringender als eine Tasse dampfend heißen schwarzen Kaffees. Aber daran war nicht zu denken, wir befanden uns im Landeanflug auf Frankfurt, das Frühstück hatte ich verpasst. Ich fragte mich, wie lange ich diese durchgetakteten Geschäftsreisen noch verkraften würde. Bangladesch, Nepal, Indien innerhalb von zwei Wochen, Gespräche in den Hauptstädten, Projektbesuche auf dem Land, abends Einladungen oder Empfänge. Die Adrenalinschübe bei Verhandlungen, das erhebende

Gefühl Dinge bewegen zu können, im Mittelpunkt des Geschehens zu stehen, waren schon lange nicht mehr wie früher. Ich hatte alles schon gesehen und durchlebt, nun erledigte ich das Notwendige so leidenschaftslos wie ein Uhrwerk. Manchmal wünschte ich mir noch einmal aufzubrechen, den Kitzel des Neuen zu spüren.

Zu Hause rasierte ich mich und duschte ausgiebig. Maria war schon zur Arbeit gegangen. Die Geduld zu frühstücken hatte ich nicht, ich fuhr zu Vater, um nach dem Rechten zu schauen. Das Büro konnte warten, alle wichtigen E-Mails hatte ich in Neu Dehli in der Business Lounge der Lufthansa beantwortet, während ich auf den Weiterflug nach Frankfurt wartete.

Vater saß in seinem Ohrensessel und schien zu schlafen. Sein Frühstück stand unberührt auf dem Esstisch. Als ich nähertrat, blickte er auf, sein Gesicht tränennass.

„*Mahtab ist gestorben, ach ach ach*", klagte er mit bebender Stimme, und wieder flossen die Tränen.

Ich streichelte seine Glatze.

Ich riss ein Papiertuch aus der Kleenex-Schachtel, gab es ihm und küsste ihn auf die Wange. Vater putzte sich umständlich die Nase. Mutters Tod lag nun vierzehn Jahre zurück, verwunden hatte er es nie.

„*Wenigstens du bist mir geblieben*", sagte er mit dünner Stimme.

Ich beschloss erst einmal Tee zu machen. Vielleicht kam er inzwischen auf andere Gedanken.

Als ich einige Minuten später die Tassen auf den Tisch stellte, war Vater bereits eingeschlafen. Ich ließ mich nieder, streckte die Beine aus und lockerte die Krawatte, froh über diese unverhoffte Pause. Vaters Gesicht war eingefallen, er hatte abgenommen. In letzter Zeit aß er nicht mehr gut. Mit dem deutschen Essen hatte er sich seit Mutters Tod arrangiert. Er kannte es ohnehin von seinen früheren Geschäftsreisen und auch wenn es ihm nicht wirklich schmeckte, so hielt er doch darauf, ein Mann von Welt zu sein. Das Wichtigste an den Mahlzeiten im Seniorenheim waren für ihn sowieso die Tischgespräche, das Scherzen mit der jungen Bedienung und dass er gesehen wurde. Umso mehr sorgte ich mich, dass er nun gelegentlich vorgab, lieber allein in seinem Zimmer essen zu wollen und sich die Mahlzeiten bringen ließ. Ich sagte mir, es sei nur eine vorübergehende Phase und ahnte doch, dass sich hier eine weitere Tür schloss. Ich konnte fast schon dabei zuschauen, wie rasch seine Kraft schwand und das, was er eben noch beherrscht hatte, nicht mehr zustande brachte. Er selbst merkte es auch.

„Ich bin nur noch eine Karikatur meiner selbst“, pflegte er neuerdings zu sagen. Woraufhin ich stets widersprach und ihn zu trösten versuchte.

Er war ein strenger Vater gewesen, einer, dem ich

mich erst spät zu widersetzen wagte. Um die alltäglichen Belange von uns Kindern kümmerte er sich kaum, das überließ er Mutter. Bei ihm ging es immer um die großen Linien im Leben, um Charakter und Verantwortung. Er sah es als seine Pflicht an, den Schwächeren zu helfen. Doch dafür, erklärte er mir schon früh, musst du stark sein. Als Jugendlicher hatte ich das nicht verstanden. In meiner revolutionären Blase war ich der Meinung gewesen, wir müssten erst das System überwinden, damit sich die Menschen änderten. Was nutzt es, einem einzelnen Arbeitslosen eine Perspektive zu bieten, wenn Millionen Menschen keine Arbeit fanden, hielt ich ihm damals entgegen. Welche Chance auf ein selbstbestimmtes Leben habe ein Vietnamese, wenn die US-Armee Napalmbomben auf sein Dorf abwarf? Eines Abends kam er in mein Zimmer und überraschte mich dabei, wie ich Flugblätter stapelte, die ich am nächsten Morgen vor Unterrichtsbeginn an der Schule verteilen wollte. Da stand er plötzlich, eine imposante Erscheinung in seinem dreiteiligen Anzug, mit der Hornbrille auf der Nase und einem Blick, der nichts Gutes verhieß.

„*Was ist das?*", fragte er mit gesenkter Stimme. Es wurde ungemütlich.

„*Wir solidarisieren uns mit dem vietnamesischen Volk. Der Rektor ist ein Faschist.*"

Es war das Jahr 1972, die USA hatten begonnen ihre Bodentruppen aus Süd-Vietnam abzuziehen, verstärkten aber ihre Bombardements. Dörfer wurden dem Erdboden gleich gemacht, noch mehr unschuldige Zivilisten fielen den Napalmbomben zum Opfer, verbrannten bei lebendigem Leib. Im Eingangsbereich der Schule dokumentierten wir all dies auf einer Wandzeitung und forderten die unverzügliche Beendigung des amerikanischen Luftkriegs. Es dauerte keine halbe Stunde, da zerriss der Hausmeister die Wandzeitung auf Weisung des Rektors. Daraufhin marschierten wir zu fünft in dessen Büro und protestierten. Der bleib ruhig, notierte sich unsere Namen und kündigte Konsequenzen an, wenn wir nicht unverzüglich sein Büro verließen. Wir schauten uns an und traten den geordneten Rückzug an. Aber nur um unsere Truppen zu sammeln und zurückzuschlagen. Der Rektor hatte jegliche politische Propaganda in der Schule untersagt. Das Verteilen von Flugblättern vor dem Gebäude konnte er uns nicht verbieten.

„*Gib mir den Stapel*", sagte Vater.

„*Das ist wichtig*", beharrte ich und schaute hilfesuchend zu Mao-Tse-Tung und Che Guevara, deren Porträts über meinem Schreibtisch hingen. Die beiden Propheten aber richteten ihren Blick über mich hinweg in die sozialistische Zukunft.

„*Wichtig ist dein Abitur, nichts anderes zählt. Hast du verstanden?*"

„*Der politische Kampf hat Vorrang vor kleinbürgerlichem Aufstiegsstreben*", hielt ich ihm entgegen. Den Satz hatte ich erst kürzlich gelesen, er gefiel mir.

Das brachte mir die erste und einzige Ohrfeige meines Vaters ein.

„Wage es nicht, mir zu widersprechen", sagte er und warf den Stapel Flugblätter in die Mülltonne.

Früh am nächsten Morgen holte ich ihn dort wieder heraus, strich die zerknitterten Blätter glatt und traf pünktlich zur verabredeten Zeit die Mitglieder unserer Basisgruppe vor dem Gymnasium.

„Guten Tag, Herr Hamidzadeh."

Ich hatte gar nicht gehört, wie die Pflegerin hereingekommen war. Es war Hanna.

„Ach, lassen Sie ihn ruhig schlafen", sagte sie, als ob ich vorgehabt hätte, Vater zu wecken. Anstatt wieder zu gehen und sich um weitere Hilfsbedürftige, die bestimmt schon voller Ungeduld auf sie warteten, zu kümmern, ließ sie sich mit einem Seufzer auf dem Sessel neben mir nieder. „Darf ich?"

Meine Müdigkeit war verflogen.

„Nur fünf Minuten, wenn Sie nichts dagegen haben. Heute ist es besonders schlimm. Zwei Kolleginnen haben sich krankgemeldet."

Im Vergleich zu mir wirkte sie frisch. Ihre Arme lagen entspannt auf der Sessellehne, ihre Fingernägel waren kurzgeschnitten, sie hatte kräftige Hände. Ich goss ihr Tee ein, Vaters Tasse war noch unbenutzt.

„Er hat heute wieder geweint", sagte sie. „Das geht

jetzt schon seit vielen Tagen so. Er redet auch nicht mehr viel und isst kaum noch etwas."

Ich hätte ihn nicht zwei Wochen lang allein lassen sollen, sagte ich mir. Aber was hätte es genutzt, die Reise zu verschieben? In drei, vier Monaten wäre er womöglich noch gebrechlicher, und dann? Auf die Reisen ganz zu verzichten konnte ich mir nicht leisten. Maria hatte während meiner Abwesenheit nach ihm geschaut. Sie gab sich die allergrößte Mühe, aber für Vater war es nicht dasselbe. Er hatte immer weniger Lust, Deutsch zu sprechen. Gegenüber den Pflegerinnen wechselte er manchmal mitten im Satz ins Persische, meistens wenn er sich über etwas aufregte.

Hanna schaute sich im Zimmer um.

„Ihre Mutter?" Sie wies mit dem Kopf auf Mutters Porträt an der Wand.

„Ja, da war sie noch jung."

Eine schöne Frau, meinte die Pflegerin und nickte anerkennend. Sie fände es großartig, wie oft ich ihn besuchte.

„Er ist mein Vater."

Sie lächelte.

„Bei uns in Polen ist es auch so."

Hanna nickte zufrieden. Wenigstens wir wussten, was sich gehört, wollte sie mir wohl zu verstehen geben. Dann blickte sie auf ihre Armbanduhr und erhob sich. Im Stehen trank sie den letzten Rest ihres Tees. Noch drei Stunden, dann sei Feierabend, sagte sie und wink-

49

te zum Abschied. Vater schlief immer noch friedlich in seinem Ohrensessel. Ich räumte leise das Teegeschirr ab, warf einen letzten Blick auf ihn und schlich mich davon.

Im Büro bat mich Uwe Müller gleich um einen Termin.

„Komm vorbei", sagte ich. Vielleicht hatte er neue Nachrichten aus Südafrika. Wir warteten immer noch auf eine Antwort der Kommission auf unseren Vorschlag, ein internationales Symposium durchzuführen. „Symposium" klang besser als „Workshop", darin musste ich Uwe recht geben. Außerdem hatte er die Idee, den Fokus der Veranstaltung zu erweitern und nicht nur Südafrika in den Blick zu nehmen, sondern die Schwellenländer insgesamt. Auf diese Weise könnte sich David Nzimande international als Impulsgeber in der Reformdiskussion positionieren. *„Energy Policy in Emerging Economies"* sollte das Ereignis nun heißen, das klang gut. Uwe hatte offenbar sein Leistungstief überwunden.

Wir hatten uns seit drei Wochen nicht gesehen, erst war er im Urlaub gewesen und anschließend war ich in Asien. Als Uwe nach kurzem Klopfen eintrat, wirkte er wie eine jüngere Ausgabe von sich selbst, kurz geschnittene Haare, runde Hornbrille, schicker Anzug, wacher Blick. Wir setzten uns an den Glastisch.

Ich steckte mir einen Keks in den Mund. Seit dem Abendessen im Flugzeug hatte ich nichts mehr zu mir genommen.

„Geht es um Südafrika? Sind weitere Bewerbungen eingegangen?"

Die erste Runde an Bewerbungsgesprächen hatten wir bereits hinter uns. An Interessenten mangelte es nicht, Südafrika war schließlich ein schönes Land. Aber es war niemand dabei, der genügend fachliche Kompetenz und politisches Gespür besaß, um den Schaden, den Warnke angerichtet hatte, wiedergutzumachen. Schließlich hatten wir einen Headhunter eingeschaltet.

„Deswegen wollte ich mit dir sprechen", sagte Uwe energisch. Ihm schien es tatsächlich besser zu gehen, was ich daran erkannte, dass er ohne Umschweife zur Sache kam.

„Ich kann den Job übernehmen."

Ich zog die Schale mit den Keksen ganz zu mir herüber und nahm mir noch einen. Uwe kannte ich seit unserer gemeinsamen Zeit an der Universität. Er war neu in Frankfurt gewesen. Aus einem kleinen Ort in Vogelsberg war er zum Studium in die große Stadt gekommen. Ein dicklicher, freundlicher Kerl. Mit seinen kurzen Haaren, seinen gestreiften Pullovern und der Brille mit Kassengestell passte er ganz und gar nicht in unsere Szene. Er fand Willy Brandt gut, was bei meinen Genossen und mir nur verächtliches Kopfschütteln auslöste. Wir waren längst weiter und arbeiteten die Oktoberrevolution auf, um aus den Fehlern der Vergangenheit für die Zukunft zu lernen.

Trotz allem mochte ich diesen Kommilitonen aus der Provinz, vielleicht weil er immer lächelte, wenn wir uns über den Weg liefen, vielleicht weil er so anders war als alle anderen. Anfangs war er viel allein, was ihn aber nicht zu stören schien. An den Wochenenden hängte er sich seine Kamera um den Hals, streifte durch die Straßen und machte wunderbare Fotos. Seine eigentliche Fähigkeit aber war die ökonomische Analyse, in den Seminaren war er unbestritten der herausragende Kopf. Nach dem Examen verlor ich ihn aus den Augen und begegnete ihm erst viele Jahre später in San Salvador wieder, wo ich mich zu Vertragsverhandlungen für ein von Deutschland gefördertes Erwachsenenbildungsprojekt aufhielt. Am letzten Abend in dem kleinen mittelamerikanischen Land folgte ich einer Einladung zu einem Empfang in der Residenz des deutschen Botschafters. Es war eines der üblichen gesellschaftlichen Ereignisse, bei denen die vor Ort tätigen deutschen Geschäftsleute mit Regierungsvertretern und Unternehmern des Gastlandes herumstanden und miteinander plauderten, während livrierte Kellner mit Tabletts umhergingen und Getränke und Fingerfood anboten. Auf der Suche nach interessanten Gesprächspartnern gesellte ich mich zu zwei Herren, die sich auf Deutsch unterhielten. Als ihre Unterhaltung einen Moment lang stockte, nutzte ich die Gelegenheit, mich vorzustellen. Obwohl ich die Beiden auf Deutsch angesprochen hatte, antworteten mir beide auf Spanisch. So erging es mir oft im Ausland, Deutsche sprachen mich bei der ersten Begegnung wie selbstverständlich auf Englisch, Spanisch oder Französisch an.

„Mit dem könnt Ihr Deutsch reden", sagte jemand hinter mir und lachte.

Ich drehte mich um, und vor mir stand Uwe. Wie ich erfuhr, hielt er sich in El Salvador auf, um Daten für eine Durchführbarkeitsstudie über ein geplantes Wasserkraftwerk zu sammeln. Nach dem Botschaftsempfang tranken wir auf der Terrasse des Hotel Sheraton Presidente noch etwas zusammen. Es wurde ein langer Abend, in dessen Verlauf ich ihn überzeugen konnte, zu meiner Firma zu wechseln.

Und jetzt wollte er nach Südafrika. Noch vor kurzem hatte er sich gebeugt und schwitzend durch die Gänge geschleppt, als drücke ihn eine schwere Last. Diese zwei Männer, den von vor einigen Wochen und diesen hier, der nun vor mir saß, brachte ich nicht zusammen. Etwas musste in der Zwischenzeit geschehen sein. Hatte er eine Therapie begonnen? Nahm er Anti-Depressiva? Nein, das glaubte ich nicht, es passte nicht zu ihm. Außerdem erklärte das nicht, warum er nun plötzlich nach Südafrika wollte.

„Möchtest du Kaffee?", fragte ich und schenkte uns beiden ein. Die Zeitverschiebung und der lange Flug machten sich bei mir bemerkbar. Uwe hingegen schien hellwach zu sein. Die Beine übereinander geschlagen verfolgte er jede meiner Bewegungen.

Der Kaffee war stark, so wie ich ihn mochte.

„Erklär mir das bitte", sagte ich, nachdem ich meine leere Tasse wieder hingestellt hatte.

Die Nachfolge von Warnke müsse so schnell wie möglich geregelt werden, sagte Uwe, als ob ich das nicht wüsste. Er selbst sei ein ausgewiesener Energieexperte, kenne Südafrika und könne sofort dort die Arbeit aufnehmen.

„Sofort?"

Er nickte entschieden.

„Und Susanne?"

Ich hatte seine Frau seit langem nicht mehr gesehen. Maria und ich hatten die beiden einige Male zu uns eingeladen. Gegeneinladungen blieben aus, und bald versandete der private Kontakt.

„Meine Frau bleibt hier."

Er redete immer von „meiner Frau", nannte sie nie beim Vornamen, obwohl ich Susanne doch persönlich kannte. „Möchte sie später nachkommen?", hakte ich nach.

„Nein."

„Habt Ihr euch getrennt?"

„Unsinn", sagte er etwas zu heftig.

Also ja, mehr oder weniger, nahm ich an. War dies der Grund für sein plötzliches Interesse an dem Auslandsjob? Die Trennung von seiner Frau schien ihn nicht zu bekümmern, im Gegenteil.

„Also, lass uns Klartext reden, Uwe. Dass du den Job in Südafrika gut machen kannst, steht außer Frage. Aber hier bist du Abteilungsleiter, gehörst zur erweiterten Geschäftsführung, warum willst du das plötzlich aufgeben und ins Ausland gehen?"

Ihm fehle der direkte Kontakt mit den Partnern vor Ort, sagte er schließlich. Er wolle sich lieber einem konkreten Projekt widmen, anstatt für zwanzig verschiedene auf der ganzen Welt zuständig zu sein, Südafrika sei ein großartiges Land mit enormem Potenzial.

Das waren nichts weiter als Floskeln. Ich war enttäuscht.

„Uwe, wir kennen uns nun schon so lange. Willst du mir nicht einfach erzählen, was los ist?"

Uwe drückte die neue Brille gegen seine Nasenwurzel, sah mir in die Augen und sagte, er habe Lust auf etwas Neues.

Das konnte ich gut verstehen, mir ging es zuweilen genauso.

Und so wie Uwe aussah, hatte das Neue, von dem er sprach, schon begonnen, sonst würde er nicht so ausgeruht und gepflegt vor mir sitzen.

„Hast du jemanden kennengelernt?"

Er deutete ein Grinsen an.

Wer hätte das gedacht?

„Lass uns mal wieder ein Bier trinken gehen", schlug ich vor.

„Du meinst Tee."

„Genau."

Wir lachten.

Was soll`s, dachte ich. Ich musste eine Stelle neu besetzen, und er war dafür mehr als geeignet. Ein wenig beneidete ich ihn.

„Wann willst du ausreisen?"

„Von mir aus schon morgen."

Ich lachte erneut, das gefiel mir.

Nachdem Uwe wieder gegangen war, begab ich mich ich zu Frau Schubert ins Vorzimmer und bat sie, für eine Stunde keine Anrufe durchzustellen.

„Ist alles in Ordnung mit Ihnen?"

„Ja, warum?"

„Sie sind ganz blass."

Ich winkte ab. Ständig sorgte sie sich um mich, kommentierte Dinge, die sie nichts angingen, wollte alles wissen. Ich schnappte mir ein paar Kekse und ging zurück zu meinem Schreibtisch, um den Stapel an zwischenzeitlich eingegangenen Briefen durchzusehen.

Wenig später brachte sie mir zwei belegte Brötchen und eine Kanne Tee. Diese Frau konnte meine Gedanken lesen.

„Ach, Frau Schubert, was täte ich bloß ohne Sie?", sagte ich und biss beherzt in ein Brötchen mit Käse und Gürkchen. Sie bedachte mich mit einem Blick, besorgt, streng, aber auch ein wenig nachsichtig.

Als ich zum vierten Mal versuchte den Bericht unseres Projektleiters in Kolumbien zu Ende zu lesen, gab ich auf. Ständig fielen mir die Augen zu, es war Zeit aufzuhören.

Zu Hause wartete Maria schon auf mich, kaum hatte ich den Koffer im Flur abgestellt, kam sie mir entgegen und nahm mich in die Arme, ich drückte sie an mich, froh wieder bei ihr zu sein. Doch dann löste sie sich viel zu früh, schob mich ein wenig von sich und sah mir in die Augen. Wann ich eigentlich gelandet sei und warum ich mich nach meiner Ankunft nicht gleich bei ihr gemeldet hätte, fragte sie. Aber das habe ich doch versucht, erwiderte ich. Ganz sicher war ich nicht.

7

Die Sonne drang durch die Spalten des Roll-ladens und weckte mich. Die Uhr auf dem Nachttisch zeigte 8.00 Uhr an, ich hatte wohl mehr als zwölf Stunden geschlafen und fühlte mich gut. Ich schloss wieder die Augen, rollte mich auf Marias Seite, tastete nach ihr und fasste ins Leere. Ihre Bett-decke war zurückgeschlagen, das Kopfkissen zusam-mengeboxt, wie es ihre Art war, und ihr hellblaues Nachthemd hatte sie wie eine abgestreifte Hülle auf dem Laken zurückgelassen.

Maria saß Zeitung lesend am Frühstückstisch und nippte an ihrem Kaffee. Sie hatte frische Brötchen und Croissants besorgt und ein Ei für mich gekocht. Ich versuchte sie zur Begrüßung auf die Wange zu küssen, was mir nicht gelang, da sie keine Anstalten machte, Zeitung oder Kaffeetasse herunterzunehmen. So landeten meine Lippen auf ihrer Nase, was ihr ein freundliches Kichern entlockte. Heute müsse ich zu Hause bleiben, ordnete sie an, mich von der Geschäftsreise ausruhen. Einen Tag lang solle ich mal Privatier sein.

„Es ist so viel liegengeblieben im Büro", jammerte ich.

„Egal. Wenn du zusammenbrichst, bleibt noch mehr liegen."

Ich wollte ihr nicht widersprechen. Es wunderte mich, wie sie sich um mich sorgte. Das war eigentlich nicht ihre Art. Sie war nicht der fürsorgliche Typ, und wenn sie selbst einmal krank war, tat sie so, als sei es nicht der Rede wert. Ich hatte mich im Laufe der Jahre angepasst und klagte nicht, wenn ich mich krank fühlte, sondern beschränkte mich darauf, sachlich mitzuteilen, welche Symptome ich verspürte. Jetzt aber machte sie sich Sorgen um mich, was mir zu denken gab.

„In Ordnung."

„Und heute auch kein Besuch bei deinem Vater."

„Da war ich gestern schon."

Sie sah mich an, als hätte ich den Verstand verloren. Meine häufigen Besuche bei Vater fand sie übertrieben. Er sei doch im Seniorenheim bestens versorgt, meinte sie. Anfangs rechtfertigte ich mich, erklärte ihr, er sei einsam. Wieso, es gäbe doch jede Menge

Unterhaltungsangebote in dem Heim, erwiderte sie, gemeinsame Lektüre, Singen, Basteln. Ich hatte Vater noch nie singen hören oder basteln gesehen. Und mit anderen Menschen über Literatur sprechen, ja, das hätte ihm gefallen, aber dann auf Persisch.

„Musste das sein?"

Das waren genau drei Worte zu viel.

„Ich diskutiere das nicht mehr mit dir."

Sie setzte neu an, ich unterbrach sie. „Schluss jetzt."

Sie warf die Zeitung auf den Tisch und verließ das Esszimmer. Wenig später hörte ich die Haustür ins Schloss fallen.

Ich ließ mich auf der Terrasse im Schatten des alten Kastanienbaums nieder und genoss den Blick auf die frisch bepflanzten Blumenbeete, den Rasen und den kleinen Springbrunnen, dessen Plätschern eine beruhigende Wirkung auf mich hatte. Die Sonne schien, am Himmel waren nur wenige Wolken und für Ende September war es ungewöhnlich warm. Mein Blackberry lag eine Armlänge von mir entfernt auf dem Beistelltisch, blieb aber stumm. Ich stellte mir vor, wie Frau Schubert jeden Versuch von Mitarbeitern oder externen Anrufern, mit mir in Verbindung zu treten, abschmetterte. Alle paar Minuten vibrierte das Smartphone und zeigte damit den Eingang neuer E-Mails an. Ich konnte es nicht lassen, von Zeit zu Zeit nachzuschauen und war jedes Mal halb erleichtert, halb enttäuscht, wenn ich feststellte, dass es sich um Belangloses handelte, jedenfalls nichts, was sofort beantwortet werden musste. Die Ruhe war herrlich. Ich las Zeitung, nickte ein, las weiter. Merkel machte sich Sorgen über Russlands Eingriff in den Syrienkrieg, der Bundesinnenminister verschärfte den Ton gegenüber Flüchtlingen und in der Champions League hatte Bayern München gegen Dinamo Zagreb 5 zu 0 gewonnen. Zu meinem Bedauern war mein Tee mittlerweile kalt geworden. Ich rang mit mir, ob ich aufstehen und neuen machen sollte. Das Klingeln an der Haustür setzte meinen Überlegungen ein Ende. Die Welt war zu mir durchgedrungen.

Der Postbote, dachte ich, womöglich eine Online-Bestellung von Maria oder die alte Frau Müssig von nebenan, die Hilfe brauchte. Es waren zumeist kleine Handreichungen, um die sie bat, ein Bild aufhängen, eine Lampe anschließen, solche Sachen. Aber man wusste nie, es könnte auch etwas Ernstes sein. Wahrscheinlich hatte sie mich im Garten gesehen, dachte ich. Mit dem hier hatte ich am allerwenigsten gerechnet.

„*Salam, Agha je Hamidzadeh. Ich hoffe, ich komme nicht ungelegen*", begrüßte mich Reza auf Persisch.

„*Hi. Long time no see! Please come in*", sagte ich etwas lahm, trat zur Seite und ließ ihn vorbei. „*Please go ahead to the terrace and take a seat. I`m coming soon.*"

Ich klatschte mir im Bad erst einmal Wasser ins Gesicht und begab mich anschließend in die Küche, um Tee zuzubereiten.

Monatelang hatte er sich nicht blicken lassen und jetzt platzte er einfach so in meinen freien Vormittag hinein. Ein merkwürdiger Mensch war das, zwar höflich und gebildet, aber auch eigensinnig und offenbar von kindlichem Gemüt. Maria fand, ich würde ihn vorschnell aburteilen. Ich solle doch abwarten, bis ich ihn besser kennengelernt habe. Vielleicht hatte sie recht. Allzu viel von sich hatte er bei seinem ersten Besuch nicht preisgegeben. Er wohne bei Freunden, hatte er gesagt, was mich so erleichterte, dass ich gar nicht auf den Gedanken kam, mich nach der Adresse zu erkundigen. In meiner Kindheit hatten wir ständig Besuch aus der Heimat gehabt. Egal, wie viele Gäste anreisten, bei uns in der Wohnung fanden sie immer Unterkunft, Platz war kein Thema, es wurde zusammengerückt. Einzelne oder Ehepaare schliefen im Wohnzimmer. Kam eine komplette Familie, mussten mein Bruder und ich unser Zimmer räumen. Dann hieß es Luftmatratzen aufpumpen und uns bei den Eltern im Schlafzimmer zwischen Bett und Kleiderschrank niederlassen. Reisten die Verwandten dann nach vielen Tagen endlich wieder ab, atmeten wir alle auf. Schon bald aber standen neue Gäste auf unserer Türschwelle. Europa zog sie alle magisch an. Vater pflegte zu sagen, Gäste seien wie Luft zum

Atmen, ohne sie könne man nicht leben, aber sie müssten auch wieder raus, denn sonst drohe man an ihnen zu ersticken. Was das denn für Freunde seien, bei denen er wohne, hatte ich Reza gefragt. Ehemalige Schulkameraden aus Teheran, antwortete er nur, sie würden an der Frankfurter Universität studieren. Auch was seine eigenen Pläne betraf, blieb er vage. Ja, er wolle sein Bauingenieurstudium fortsetzen, nein er habe von Teheran aus noch keinen Kontakt zu einer deutschen Universität hergestellt, ja, er sei bezüglich des Studienorts flexibel.

Als ich wenig später mit dem Tee auf die Terrasse trat, saß Reza angespannt da und hielt eine Pralinenschachtel in der Hand. Die war mir zuvor nicht aufgefallen.

„Entschuldigen Sie bitte, dass ich Ihnen zur Last falle", sagte er. Ich winkte ab.

„How are you doing?"

Er habe mich nicht stören wollen, ich sei ein vielbeschäftigter Herr, entgegnete er auf Englisch. Dann erkundigte er sich, wie es mir, meiner Frau und meinem Vater ginge. Als wir damit durch waren, erinnerte er sich an die Pralinenschachtel in seiner Hand und überreichte sie mir.

„Danke, mein Lieber."

„Nicht der Rede wert", murmelte er.

Er habe Glück gehabt, mich zu Hause anzutreffen.

Während der Woche seien Maria und ich den ganzen Tag bei unserer Arbeit. Es sei reiner Zufall, dass ich heute da sei, sagte ich.

„Ich wusste, dass Sie zu Hause sind."

„Hast du in der Firma angerufen?"

„Ich war da."

Die arme Frau Schubert hatte sich bestimmt gedacht, der junge Mann ist ein Familienmitglied, dem könne sie verraten, wo er mich finden konnte.

„Ihre Sekretärin war sehr nett, sie bot mir Kaffee an. Wir haben uns ein wenig unterhalten", bemerkte er, als könne er meine Gedanken lesen. Seine Selbstzufriedenheit, mehr noch, seine Anwesenheit störten mich. Ich wollte meine Ruhe haben.

„Warum wolltest du mich so dringend sprechen?"

„Wie bitte?"

„Was ist der Grund deines Besuchs?"

Er wirkte etwas erschrocken und brauchte einige Sekunden, um sich zu sammeln. Mir war es egal, ob ich gerade über die persischen Höflichkeitsregeln hinwegtrampelte. Je schneller wir dies hier erledigten, desto eher würde er wieder gehen.

Am Ende dauerte es eine volle Stunde, bis er endlich mit seinem Anliegen herausrückte. Natürlich ging es um Geld, aber was mir Sorgen bereitete, war etwas anderes.

8

Am Montagnachmittag nutzte ich eine Lücke in meinem Terminkalender, um Vater zu besuchen. Ich war seit mehreren Tagen nicht mehr bei ihm gewesen und hatte ein schlechtes Gewissen.

Er saß in einem Rollstuhl und verfolgte im Fernsehen einen Tierfilm. Nilpferde lagen träge in Ufernähe eines Flusses, ihre Schnauzen halb unter Wasser schauten sie stoisch in die Kamera. Einer hievte seinen schweren Körper aus dem Fluss und schleppte sich ans Ufer, sonst passierte nichts. Der Ton war abgeschaltet. Vater, dem es früher schwerfiel stillzusitzen, bei dem entweder die Beine, die Hände oder sein Mund immer in Bewegung waren, schaute diesen trägen Tieren beim Nichtstun zu. Der Mann des Wortes und der Tat war ruhig geworden. Ich küsste seine Glatze.

„*Mein lieber Hamid, wie schön, dass du vorbeischaust. Wo warst du denn?*“, begrüßte er mich freudig.

„*Ich bin es Pedar, Abbas. Ich bin Abbas.*“

Er musterte mich, nickte.

„*Gut, dass du wenigstens kommst.*“

„*Warum sitzen Sie denn im Rollstuhl?*“, fragte ich und erhielt ein Schulterzucken.

„*Ist etwas vorgefallen?*“, hakte ich nach. Er hob nur trotzig sein Kinn.

„*Ich komme gleich wieder*“, sagte ich schließlich und begab mich zum Schwesternzimmer. Hinter der großen Glasscheibe saß Hanna und trug mit der Hand etwas in eine Liste ein. Ich klopfte an die Scheibe. Sie schaute erschrocken auf, doch als sie mich erkannte, lächelte sie, legte den Stift weg und kam heraus.

„Ach hallo“, begrüßte sie mich und reichte mir die Hand. Sie hatte ihren weißen Arbeitskittel abgelegt und trug eine etwas verwaschene Blue Jeans und eine schwarze Bluse. So sah sie jünger aus.

Ich wollte wissen, warum Vater im Rollstuhl saß.

Er habe große Mühe, aus seinem Sessel aufzustehen und mit dem Rollator zu laufen, erklärte sie mir. Er werde immer unbeweglicher.

Schon wieder hat sich ein Fenster zur Welt für ihn geschlossen, dachte ich. Seine besten Ideen kämen ihm immer beim Laufen, pflegte Vater früher zu sagen. An Werktagen war er in seinem Laden telefonisch nur schwer zu erreichen. Der Chef habe

Termine außerhalb, teilte mir sein Mitarbeiter dann mit. Als Kind klang dies in meinen Ohren bedeutsam, auch wenn ich nicht wusste, was ein Termin ist. Schaute ich gelegentlich nach der Schule in seinem Geschäft vorbei, saß er, wenn er denn anwesend war, in seinem von Zigarettenrauch umwölkten Büro mit Landsleuten zusammen und diskutierte über Politik und Literatur, während sein Mitarbeiter vorne im Haushaltswarenladen die Kunden bediente. Meine Aufgabe war es dann, den Herren im Hinterzimmer frischen Tee zu servieren. An den Wochenenden trieb ihn seine Rastlosigkeit aus der Wohnung. Dann ging er weg und kam erst ein, zwei Stunden später wieder. Wohin er gehe, fragte ich Mutter, die nur die Schultern zuckte, dabei aber weder beunruhigt noch verstimmt wirkte. Schließlich folgte ich ihm einmal heimlich. Er lief durch die Straßen unseres Viertels, blieb hier und da stehen und betrachtete ein Haus, eine Garage, einen Vorgarten, dann setzte er seinen Spaziergang fort, das war alles. Halb enttäuscht und halb erleichtert behielt ich dieses Geheimnis für mich. Bald nach meiner Beschattungsaktion forderte er mich auf, ihn auf seinen Runden zu begleiten. Kaum waren wir losgelaufen, begann er mir Vorträge zu halten, wobei er jedes Mal auf Ehrlichkeit, Aufrichtigkeit und Entschlusskraft zu sprechen kam, den Prinzipien, die ihn Zeit seines Lebens leiteten. War er an einem wichtigen Punkt seiner Ausführungen angelangt, blieb er unvermittelt stehen, sah mir in die Augen und drückte meine Hand. Dann wusste ich, was er jetzt sagt, darf ich niemals vergessen. Doch nicht immer verstand ich seine komplizierten Gedankengänge, aber ich liebte es, ihm auf diese Weise nah zu sein, und das allein zählte. Später begriff ich, dass geschäftliche Sorgen, unerfüllte Sehnsüchte, enttäuschte Hoffnungen sowie sein ungestilltes Bedürfnis nach Anerkennung ein Ventil benötigten. Selbst im hohen Alter war Vater durch die Straßen Frankfurts gelaufen, im Zwiegespräch mit sich selbst. Was sollte nun werden, wenn er sich nicht mehr bewegen konnte?

„Aber er mag es, im Rollstuhl herumgefahren zu werden. Ihr Sohn war neulich mit ihm im Park", riss mich Hanna aus meinen Gedanken.

„Mein Sohn?"

Kaum hatte ich sein Zimmer wieder betreten, drehte Vater am Rad seines Rollstuhls und kam mir mühsam entgegen, das Kinn gereckt, seine Stimme ein einziger Vorwurf.

„Dein Bruder hat mich wohl völlig vergessen. Warum kommt er nicht mehr vorbei?"

„Hamid ist doch noch in Südamerika." Ich legte ihm den Arm um die Schulter. *„Lassen Sie uns in die Cafeteria gehen und einen Cappuccino trinken, Pedar"*, sagte ich, schaltete den Fernseher aus und schob den Rollstuhl zur Tür hinaus. Vater liebte Cappuccino, es war das einzige warme

Getränk, das er außer schwarzem Tee akzeptierte.

In der Cafeteria platzierte ich ihn direkt vor der ebenerdigen Glasfront, durch die wir auf die kleine Straße blicken konnten. Viel zu sehen gab es nicht, eine alte Linde, geparkte Autos, Passanten, wenig Verkehr. Ich holte einen Cappuccino für Vater und einen Kaffee für mich. Er war nun hellwach und kommentierte das Geschehen da draußen.

„Da läuft jeder für sich allein."

„Was?"

„Ganz selten sind mal zwei oder mehr Personen zusammen unterwegs."

„Stimmt."

„Uns beachten die gar nicht, obwohl wir im Schaufenster sitzen."

„Hm."

Ich reichte Vater seine Tasse und nippte an meinem Kaffee, um ihn gleich wieder abzustellen, er war noch zu heiß. Da bemerkte ich, wie Vater mit zitternder Hand die Tasse gefährlich schräg hielt, und bevor ich eingreifen konnte, den Cappuccino über sein Hemd goss. Das hätte nicht passieren dürfen. Er begann sogleich auf sich selbst zu schimpfen, sich einen Versager, einen alten Trottel und Schlimmeres zu nennen, während ich unablässig murmelnd „das macht doch nichts", mit Servietten und Papiertaschentüchern sein Hemd abtupfte.

„Ich will wieder nach oben."

„Das war nicht Ihr Fehler, die Tasse war viel zu voll. Das

hätte jedem passieren können."

„Meinst du?"

„Aber ja. Ich bestelle einen neuen Cappuccino und bitte die Bedienung, die Tasse nicht so voll zu machen."

Als das neue Getränk da war, stopfte ich ihm mehrere Papierservietten in den Ausschnitt seines Hemdes und führte ihm ein Löffelchen Milchschaum zum Mund. Er ließ es sich gefallen, doch im nächsten Moment verzog er angewidert das Gesicht.

„Bäh, das ist ja bitter."

„Entschuldigung."

Ich riss das Zuckertütchen auf, schüttete die weißen Kristalle in die Tasse und rührte um. Der weitere Cappuccino-Genuss verlief ohne Zwischenfälle und Vater war wieder mit sich und der Welt versöhnt.

„Was macht eigentlich der Sohn von Mahmud?", fragte Vater.

„Wer?"

„Na, der junge Mann, um den du dich kümmern sollst." Er musterte mich und wedelte mit der Hand, als sei ich schwer von Begriff. Da war sie wieder, seine Ungeduld.

„Er war letzte Woche bei mir. Er hatte einen Unfall."

„Was?"

„Ihm ist nichts passiert, aber das Auto ist kaputt."

Das war der wirkliche Grund für Rezas letzten Besuch bei mir gewesen. Auf der Terrasse war es zu warm geworden und ich hatte allmählich die Geduld verloren, als der junge Mann endlich mit seinem Anliegen herausrückte. Natürlich kam er nicht gleich zum Punkt. Er hatte einen kleinen Job angenommen, erzählte er. Für ein iranisches Restaurant lieferte er bestellte Speisen an Kunden aus. Mit dem kleinen Renault kam er gut zurecht, aber mit den deutschen Autofahrern hatte er seine Probleme. Sie würden bei Rot anhalten, auch wenn auf der Kreuzung weit und breit kein einziges Fahrzeug zu sehen sei, beschwerte er sich. Wie Irre würden sie auf einen zurasen, wenn sie Vorfahrt hätten, ohne Rücksicht auf Verluste, und auch sonst hielten sie stur jede Regel ein, selbst wenn es keinen Sinn ergab. Er sah mich empört an, und ich konnte nicht anders als zu lachen. Das war ein Klassiker, wie oft hatten früher frisch eingetroffene Landsleute bei Vater über die Unnachgiebigkeit deutscher Autofahrer geklagt. Kein Wunder, auf Teherans Straßen herrschte das Gesetz des Dschungels, wer dort auf sein Recht beharrte, verursachte nur einen Unfall. Bei meinen wenigen Reisen nach Teheran, die letzte vor 40 Jahren, hatte ich selbst erlebt, wie Taxifahrer andere Autos ausbremsten, den Unterarm auf die Hupe legten, sobald sie jemand aufzuhalten drohte, aber auch im letzten Moment nachgaben, wenn der andere Autofahrer im Vorteil war. Für Fußgänger bestand zuweilen Lebensgefahr. Mein Großvater, so wurde es mir erzählt, pflegte auf den mehrspurigen Boulevards ein Taxi zu nehmen, um sicher auf die andere Straßenseite zu gelangen.

Gestern sei er mit der Auslieferung im Verzug gewesen, erzählte Reza weiter. Um Zeit zu sparen war er gegen die Fahrtrichtung in eine Einbahnstraße gefahren, da kam ihm ein Auto entgegen. Er konnte nur knapp ausweichen und krachte gegen eine Litfaßsäule. Ein Kotflügel und ein Scheinwerfer gingen zu Bruch. Und dann? Rückwärtsgang rein, gewendet und nichts wie weg, offenbar, bevor die Anwohner recht begriffen hatten, was passiert war.

Ob er nach Deutschland gekommen sei, um Essen auszufahren, fragte ich ihn. Er schaute betreten zu Boden. Ob er sich denn inzwischen bei der Universität eingeschrieben habe. Das habe er auf jeden Fall vor, beteuerte er. Ob er angefangen habe, Deutsch zu lernen, bohrte ich weiter. Auch das müsse er noch erledigen. Seine Antworten wurden immer einsilbiger, das Gespräch kam nur noch zäh voran. Auch ohne ein Wort darüber zu verlieren, verstand ich, dass seine Familie kaum in der Lage war, Geld für seinen Lebensunterhalt zu schicken. Ihm blieb wohl nichts anderes übrig als zu arbeiten, dachte ich. Jetzt hatte er aber ein zusätzliches Problem, und zwar mit seinem Chef. Natürlich konnte ich mir denken, was er von mir wollte. Ich musste nicht lange warten, bis er es aussprach. Nachdem er ein bisschen auf seinem Stuhl hin und her gerutscht war, bat er mich um einen Kredit, damit er die Reparatur des Autos bezahlen könne. Er würde ihn mir in Raten zurückzahlen, versprach er. Das sei nicht nötig, entgegnete ich, es genüge, wenn er sich als Gegenleistung zu einem Deutschkurs anmelde.

„Du musst ihm helfen," sagte Vater und tätschelte meine Hand.

„Er hat Sie letzte Woche besucht, sagte Hanna vorhin."
„Selbstverständlich."

Vater hob sein Kinn. Als Familienoberhaupt erwartete er nichts anderes, als dass ihm angereiste Verwandte die Aufwartung machten.

„Sie hielt ihn für meinen Sohn", sagte ich mehr zu mir selbst.
Vater seufzte.

Reza hatte sich gleich bei seinem ersten Besuch nach Vater erkundigt und sich gewundert, dass der nicht bei Maria und mir wohnte.

„Seniorenheim?" hatte er gefragt.

Maria kam mir zu Hilfe. Es sei besser für ihren Schwiegervater, dort sei er in guten Händen, die Pflege ausgezeichnet.

Er habe von solchen Heimen gehört, bekannte Reza.

„Dort leben ausschließlich alte Menschen, nicht wahr?" Er sah uns an wie ein Ethnologe auf Forschungsreise.

„Na ja, es ist eben ein Seniorenheim", erwiderte Maria lächelnd, *„wie der Name schon sagt."* Sie sprach zu ihm wie zu einem Kind.

„*Mein Vater wollte selbst in das Heim*", erklärte ich, um das Thema zu beenden. Ich hatte nicht vor, mich gegenüber diesem jungen Mann zu rechtfertigen.

„*Ja, natürlich.*" Reza nickte respektvoll.

„*Er hat mir einen Gedichtband von Saadi mitgebracht*", sagte Vater. „*Der weiß, was sich gehört.*"

Vater konnte kaum länger als eine Buchseite am Stück lesen, mehr erlaubte sein sich trübendes Augenlicht nicht mehr. Für einen Vers ab und zu reichte es wohl noch, überlegte ich. Würde er davon Gebrauch machen?

„*Du bist auch ein guter Junge, mein Bester.*" Er tätschelte meine Hand, hielt plötzlich inne und drehte seinen Kopf zu mir.

„*Wo ist Hamid?*"

„*Lassen Sie uns nach oben gehen, Pedar*".

9

David Nzimande kam gleich auf den Punkt. Nach den schlechten Erfahrungen mit Warnke sei er zurückhaltend, sagte er. Uwe solle zunächst nur einen Gutachtervertrag für die Dauer von drei Monaten erhalten. Sollte er sich bewähren, könne er für zwei Jahre bleiben. Uwe verzog das Gesicht. Ich hatte ihn zu dem Telefonat dazu geholt und das Gerät auf laut gestellt. Nachdem die Kommission auf unseren Personalvorschlag nicht reagiert hatte, hatte ich David angerufen, um Bewegung in die Sache zu bringen. Und nun das!

Uwe und ich sahen uns wortlos an. Er war Profi genug, um zu verstehen, dass uns nichts anderes übrigblieb als uns auf diesen Deal einzulassen.

„Du musst ohnehin in Johannesburg erst einmal

ein Haus finden. Die drei Monate gehen schnell rum, danach kannst du durchstarten", versuchte ich ihn zu trösten.

Meine Bürotür ging auf und herein kam Frau Schubert.

„Herr Hamidzadeh,", sagte sie aufgeregt, „Ihr Neffe ist da." Ihre Augen funkelten vor Neugier.

Das passte jetzt gar nicht. Allmählich wurde es mir zu viel. Seit seinem Besuch bei mir zu Hause war noch nicht einmal eine Woche vergangen.

„Er soll warten."

Na dann, sagte Uwe, nickte mir zu und verließ mein Büro.

Ich begab mich an meinen Schreibtisch und überflog die zwischenzeitlich eingegangenen E-Mails. Mein Telefon klingelte.

„Herr Hamidzadeh, Ihr Neffe sagt, es sei dringend."

„Er soll reinkommen. Übrigens ist er nicht mein Neffe, sondern mein Großcousin."

„Ach ja? So etwas gibt es?"

„Hör zu", fuhr ich ihn auf Englisch an, bevor er etwas sagen konnte, *„du kannst hier nicht einfach so hereinplatzen, wann es dir passt. Ruf vorher an, dann machen wir einen Termin aus."*

Ich blieb am Schreibtisch sitzen und wies auf den Besucherstuhl. Er sah mich mit großen Augen an. In diesem Augenblick kam er mir nicht vor wie ein dreißigjähriger Mann, sondern wie ein Junge, der nicht versteht, was er schon wieder falsch gemacht hat. Seine Eltern hatten es bestimmt nicht leicht mit ihm gehabt.

„*Warst du bei der Werkstatt?*"

„*Salam, Agha je Hamidzadeh. Wie geht es Ihnen? Ich hoffe Ihrer Frau und Ihrem verehrten Herrn Vater geht es gut*", erkundigte er sich auf Persisch, als sei nichts gewesen. Ich wedelte mit der Hand, damit er zum Punkt kam. Reza straffte sich und wechselte ins Englische. Er wolle mich nicht lange aufhalten, er bringe nur die Rechnung. Er holte ein gefaltetes Papier aus seiner Jackentasche und hielt es mir hin.

Ich warf einen Blick darauf. 960 Euro!

„*Was sagt denn dein Chef zu der Sache?*"

„*Er weiß nichts davon.*"

„*Hast du dich inzwischen zu einem Deutschkurs angemeldet?*"

„*Das mach ich noch.*"

„*Dann komm wieder, wenn du es erledigt hast.*" Ich gab ihm die Rechnung zurück.

„*Aber das Auto, ich brauche das Auto heute, um Essen auszuliefern.*"

„*Wir beide, du und ich, wir haben einen Deal*", erinnerte ich ihn.

„*Er macht mich fertig, wenn ich die Lieferung nicht mache.*"

„*Ich denke, wir haben alles besprochen*", stellte ich fest.

„*Was soll ich denn jetzt tun?*"

„*Du gehst zu einem Sprachinstitut und meldest dich zu einem Deutsch-Intensivkurs an. Die Anmeldebestätigung zeigst du mir.*"

„Aber die Werkstatt schließt in einer Stunde."

„Ich bezahle die Rechnung nur, wenn du dich zu einem Kurs angemeldet hast. Das hatten wir vereinbart. Am besten machst du dich gleich auf den Weg."

Er machte keine Anstalten zu gehen, wirkte wie erstarrt. Aus Angst? Vor seinem Chef?

„Komm mit", sagte ich schließlich und ging voraus zum Vorzimmer und bat Frau Schubert, die Adresse der Volkshochschule auszudrucken.

„Komm wieder, wenn das erledigt ist, dann reden wir weiter", sagte ich zu Reza.

Der junge Mann sah mich fassungslos an. Ich starrte zurück, bis er den Blick senkte.

„Merk dir das. Ein Deal ist ein Deal, und ich bin nicht dein Papa."

„Sie sprechen Englisch miteinander?", staunte Frau Schubert.

10

Frau Schubert hatte vorsorglich einen Tisch im Sardegna für Maria und mich reserviert und einen Blumenstrauß besorgt. Diese Frau war mir manchmal unheimlich, sie wusste Dinge, die sie nichts angingen, ahnte Entwicklungen voraus und war bestens vorbereitet, wenn sie dann tatsächlich eintraten. Als ich am späten Nachmittag unangemeldet bei Maria in ihrem Reisebüro auftauchte, ihr den Blumenstrauß überreichte und ihr vorschlug, unser Lieblingsrestaurant aufzusuchen, fragte sie mit unschuldiger Miene: „Gibt es etwas zu feiern?"

„6. November."

„Ach?" Sie neigte den Kopf zur Seite.

„Jawohl."

Auf den wenigen Metern von Marias Reisebüro bis zum Sardegna wurden wir nass. Den ganzen Tag über hatten Wolken tief über Frankfurt gehangen, ausgerechnet als wir uns auf den Weg machten, begann es zu regnen. Wir nahmen uns an den Händen und rannten lachend los. Im Restaurant angekommen, verschwanden wir erst einmal auf die Toilette, um uns wieder in einen präsentablen Zustand zu bringen. Da ich ohnehin kaum noch Haare auf dem Kopf hatte, genügten mir ein paar Papierhandtücher, um mich abzutrocknen. Bei Maria dauerte es länger und ihre Bemühungen waren nicht wirklich von Erfolg gekrönt. Eine nasse Haarsträhne fiel ihr ins Gesicht, sie steckte sie sich flugs hinters Ohr und sah mich frech an. Ihre neue Frisur war nun ruiniert, aber auch so standen ihr die kürzeren Haare und die kastanienbraune Tönung gut. Sie sah hübsch aus, wirkte nicht wie Ende Fünfzig, allenfalls wie Ende oder gar Mitte Vierzig. An ihr schien die Zeit vorbeizugehen. Eigentlich war heute gar nicht unser Hochzeitstag, sondern der Tag, an dem wir uns kennengelernt hatten. Auch damals waren wir beide triefend nass geworden, allerdings nicht vom Regen.

In Chile hatte die Armee unter Führung von General Pinochet gegen den demokratisch gewählten Präsidenten Salvador Allende geputscht, und auf Frankfurts Straßen war der Teufel los, ich und meine

Wohngemeinschaft mittendrin. Die Menschenansammlung war enorm, sie reichte vom Universitätscampus zur Bockenheimer Warte, der Gräfstraße und bis in die Adalbertstraße hinein. Transparente und rote Fahnen wehten über unseren Köpfen. Aus einem Lautsprecher, der auf einem VW-Bus montiert war, erklang die Stimme von Victor Jara mit dem Lied „*El derecho de vivir*", Victor Jara, den Soldaten einen Tag nach dem Putsch festgenommen und mit tausenden anderen politischen Gefangenen in das Nationalstadion von Santiago de Chile gesperrt hatten, wo sie ihm erst mit Tritten und Gewehrkolben die Hände brachen, damit er nicht mehr Gitarre spielen konnte und ihn schließlich mit 44 Schüssen endgültig zum Schweigen brachten. Wie immer in jenen Tagen, wenn ich diese Musik hörte, wurden meine Augen feucht. In den Gesang von Victor Jara mischte sich eine helle Stimme, sie kam von dem Mädchen links neben mir, lange schwarze Haare, große Augen, zierlich. Sie war sehr jung, wahrscheinlich ging sie noch zur Schule, was machte sie so ganz allein unter uns Studenten? Die Musik endete, und es kam knackend die Ansage, jetzt gehe es los. Ich hakte mich bei dem Mädchen ein und schob meinen Arm auch in den angewinkelten Arm meines Nachbarn zur Rechten. Andere taten es mir nach und bald bildeten wir eine Formation. Das Mädchen schaute geradeaus, als ob sie nicht bemerken würde, wie ich immer wieder

den Kopf zu ihr drehte. Aus dem Lautsprecher ertönte nun *„Un pueblo unido jamás será vencido"*, und wir
brüllten es nach, liefen die Bockenheimer Landstraße
entlang, vorbei an den besetzten Häusern, vor denen
sich grüne Mannschaftswagen der Polizei postiert
hatten. Am Opernplatz breitete sich Unruhe aus, vor
uns rannten Demonstranten los, hinter uns drängten die nächsten nach, unsere Formation zerfiel, die
Zierliche war nicht mehr an meinem Arm, ich ergriff
ihre Hand, sie ließ es geschehen. Noch immer hatten
wir kein Wort miteinander gewechselt. Um nicht von
hinten umgeworfen zu werden, rannten wir beide mit
dem Pulk, waren bald auf der Zeil, dort standen die
Wasserwerfer. An der Konstabler Wache hörten wir
Schläge, als ob etwas zu Bruch ginge. Gebrüll hob an
und plötzlich brach ein Tumult aus. Es folgten Laut-
sprecherdurchsagen der Polizei, die von Demonstranten niedergeschrien wurden. Wasserwerfer fuhren
auf und Polizisten mit gezogenen Gummiknüppeln
stürmten auf uns zu, wir wurden nach vorne gespült.
Das Mädchen stolperte, ich zog sie hoch, packte ihren Arm, wir hetzten weiter. Der Strahl des Wasser-
werfers erfasste uns, Tränengasschwaden stiegen auf,
meine Augen brannten. Ich zog das Mädchen mit
mir in eine kleine Seitenstraße in der Nähe des Ge-
richtsgebäudes, schob sie in einen Hauseingang. Sie
weinte und zitterte am ganzen Leib.

„Hier sind wir in Sicherheit", versuchte ich sie zu

beruhigen und hob behutsam ihr Kinn. „Hab keine Angst. Die Bullen sind weitergezogen. Brennt es sehr?", fragte ich.

„Ich heiße Maria", sagte sie schniefend.

„Mensch Abbe", flüsterte Maria und griff nach meiner Hand.

Ich ließ Champagner kommen, stieß mit ihr an und nahm einen Schluck, was ihr ein vergnügtes Lachen entlockte. Sie wusste es zu würdigen, dass ich ihr zuliebe sogar Alkohol trank.

Zwischen Vorspeise und Dessert erzählte sie mir von ihrem Tag im Reisebüro. Sie fing mit dem üblichen Klatsch über ihre Mitarbeiterinnen, die Stammkundschaft und die Konkurrenz an und ging bald dazu über, mir ihre Pläne zur Gewinnung neuer Firmenkunden darzulegen. Da sie es nicht leiden konnte, unterbrochen zu werden, beschränkte ich mich darauf zuzuhören, auch wenn mir manche ihrer betriebswirtschaftlichen Annahmen arg optimistisch erschienen. Heute war nicht der Tag, das zu diskutieren. Als sie fertig war, nickte ich anerkennend.

„Das wird gut", sagte ich.

„Ich bin froh, dass du das sagst." Sie drückte meine Hand.

„Über Details reden wir noch", schob ich nach.

Ihr Reisebüro betrieb Maria nun schon seit 20

Jahren, vom ersten Tag an hatte sie darauf bestanden, eigenständig zu bleiben. Ich hatte ihr angeboten, sämtliche Flug- und Hotelbuchungen meiner Firma über ihr Reisebüro abzuwickeln, eigentlich eine Selbstverständlichkeit. Sie lehnte ab, ich blieb skeptisch. Naja, dachte ich anfangs, selbst wenn das Experiment schief ginge, würde sie nicht hart aufschlagen, mit mir im Hintergrund. Meine Sorge erwies sich als unbegründet. Sie vermittelte ausschließlich Reisen nach Lateinamerika und in die Karibik, und das hochprofessionell. Schon bald erwarb sie sich in der Branche einen guten Ruf. Von ihrem ersten kleinen Reisebüro in Sachsenhausen zog sie nach einigen Jahren in einen größeren Laden in die Berger Straße, von dort schließlich in die Neue Kräme im Herzen Frankfurts, dann kam das Onlinegeschäft hinzu und damit der große Durchbruch. Sie hatte es geschafft, ganz ohne mich. Meine Meinung war ihr gleichwohl wichtig, immerhin.

„Und bei dir?", fragte Maria.

Ich bestellte mir erst einmal einen doppelten Espresso. Von dem Champagner war mir etwas unwohl, immerhin hatte ich geschafft, mein Glas komplett auszutrinken. Maria nippte genüsslich an ihrem zweiten Glas Weißwein. Ihre Wangen hatten sich gerötet.

Ich berichtete ihr vom neuesten Stand des Südafrika-Geschäfts. Uwe hatte sich inzwischen in Johannesburg eingearbeitet und konnte sich nebenbei auch um die Akquisition neuer Projekte kümmern. Für Warnke hatte ich eine alternative Verwendung gefunden, er saß jetzt in Nairobi und beriet das dortige Energieministerium.

„So weit habe ich alles im Griff", schloss ich.

„Und dein Großcousin, hat er sich mal wieder gemeldet?"

Nachdem ich Reza an jenem Tag, an dem er mit der Werkstattrechnung in der Hand bei mir in der Firma erschienen war, wieder weggeschickt hatte, damit er sich erst einmal zu einem Deutschkurs anmeldet, war er tatsächlich am gleichen Nachmittag zurückgekehrt. Er marschierte geradewegs durch mein Vorzimmer und hatte schon die Türklinke zu meinem Büro in der Hand, als ihn Frau Schubert stoppte. Ich sei in einer Besprechung, stellte sie mit ihrer Chefsekretärinnenstimme klar, ließ sich die Anmeldebestätigung der Volkshochschule zeigen und händigte ihm, wie von mir angewiesen, die 960 Euro in bar aus. Seither hatte er sich nicht mehr bei mir gemeldet.

„Er hat sich doch sonst so gut benommen", wunderte sich Maria. „Hat er sich gar nicht bedankt?"

„Ihn interessierte nur das Geld."

„Worüber wolltest du denn noch mit ihm reden?"

„Über seine Zukunft natürlich."

„Vielleicht wollte er genau das vermeiden."

„Tja."

„Ach lass mal. Er meldet sich schon wieder."

„Spätestens wenn er Geld braucht."

„So sind Kinder nun einmal, für sie sind wir nur Ressourcen."

„Also bitte! Vater war weit mehr für mich gewesen als nur eine Ressource. Als junger Mann habe ich ihn verehrt. Ich tue es immer noch", widersprach ich.

„Du überhöhst ihn", meinte sie anmerken zu müssen.

„Von manchen Dingen verstehst du nichts", entgegnete ich unwirsch.

Sie lehnte sich zurück und trank einen Schluck Wein.

„Lassen wir das Thema", sagte ich in versöhnlichem Ton. „Übrigens erkundigt sich Vater wieder öfter nach Hamid."

„Wie lange willst du es ihm denn noch verschweigen?"

„Er würde es nicht ertragen."

Hamids Tod hatte ein Loch in mein Leben gerissen. Ich hatte meinen jüngeren Bruder, seit er auf der Welt war, wie selbstverständlich als einen Teil von mir empfunden, und selbst jetzt, da er nicht mehr lebte, spürte ich seine Anwesenheit so wie wohl ein Beinamputierter sein verlorenes Bein. Ich bedauerte, ihn in letzter Zeit nicht häufiger gesehen und gesprochen zu haben, ständig war etwas, das uns daran hinderte, natürlich meistens die Arbeit. Mein Bruder war in dem Punkt nicht viel anders als ich, ein Workaholic. Wären da nicht unsere regelmäßigen Besuche bei Vater in der Seniorenresidenz gewesen, wären wir uns vermutlich über viele Wochen nicht begegnet. Meistens gaben wir uns nur die Klinke in die Hand. In den fünf Minuten, in denen der eine kam und der andere aufbrach, bestätigten wir einander, wie schade es sei, dass wir uns nicht öfter trafen und gingen mit dem Versprechen auseinander, bald einen Termin zu finden, so wie früher. Ab und zu gelang es uns sogar, zusammen zu Abend zu essen, aber doch viel zu selten. Immerhin waren wir zwischendurch stets im Bilde gewesen, was der andere so machte, dank Vater. Bei ihm prahlten wir über unsere Erfolge, berichteten ihm wohldosiert von unseren Kümmernissen, und er lobte und tröstete uns.

Über Hamids große Sorge um seinen Sohn Timm wusste unser Vater allerdings nichts, mein Bruder wollte ihn wohl schonen. Und so erschloss sich mir erst an Timms 18. Geburtstag die Not meines Bruders und seines einzigen Sohnes. Dass der Junge nach dem Eintritt in die Pubertät verschlossen wirkte, wenig sprach und nur formelhafte Antworten gab, wenn ich ihn etwas fragte, war mir natürlich nicht entgangen. Ich sah es als eine vorübergehende Phase an und dachte mir nichts dabei. Bei dem Geburtstagsessen, zu dem Hamid in ein persisches Restaurant eingeladen hatte, aber wirkte der Junge wie ein Außerirdischer, eingekapselt in seine eigene Welt, mit erstarrter Mimik und roboterhaften Bewegungen. Und spiegelbildlich mein Bruder, der sich abmühte, so zu tun, als sei alles in Ordnung, und dem doch anzusehen war, wie sehr ihn das belastete. Am nächsten Tag rief ich ihn an und wir verabredeten uns im „Schultheiß" in der Bockenheimer Landstraße, Vaters langjährigem Lieblingsrestaurant. Dorthin hatte er uns früher gerne eingeladen, sein Bierchen getrunken und sich mit Mutter unterhalten, während wir Kinder über die Speisekarte gebeugt versuchten, unsere Wahl zwischen den verschiedenen Schnitzelsorten zu treffen. Es war unser Familienlokal, mittlerweile hatte es mehrfach den Besitzer gewechselt und hieß längst anders, für uns blieb es das Schultheiß. Hamid kam zu spät, und als er dann endlich da war, wirkte er fahrig, begann Sätze, die er nicht vollendete, schlug die Speisekarte auf und wieder zu, ohne einen Blick hineingeworfen zu haben. Ich schwankte zwischen Ungeduld und Mitgefühl. Was ist mit Timm los, fragte ich ihn, um dieses Gezappel zu beenden. Dies war unser erstes Gespräch über Timms Rückzug, es sollten weitere folgen, von Mal zu Mal wirkte Hamid dünnhäutiger. Und was er zu berichten hatte, war, je mehr Zeit verging desto besorgniserregender. Es fing damit an, dass sich der Junge nach der Schule in sein Zimmer zurückzog und es nur noch zu den Mahlzeiten verließ. Bald ging er auch nicht mehr in die Schule, und dann gar nicht mehr aus seinem Zimmer heraus. Am Ende war es ein ganzes Jahr, das Timm sich in seinem Zimmer eingeschlossen hatte. So verzweifelt Hamid offensichtlich war, so schwierig wurde es mit ihm über seinen Sohn zu sprechen. Er, der früher das offene Gespräch sichtlich liebte, nahm nun keine einzige meiner wohlmeinenden Ratschläge an. Seine Erwiderungen schwanken zwischen, „das weiß ich auch" oder „das habe ich schon probiert" oder „das bringt nichts". Bei unserer letzten Begegnung schließlich schrie er mich wie von Sinnen an, ich solle ihn mit meinen Ratschlägen verschonen, er habe die Nase voll davon. Gut, dann eben nicht, sagte ich mir und meldete mich fortan nicht mehr bei ihm. Es sollten Monate vergehen, bis er eines Abends bei mir anrief, um sich zu verabschieden. Er fliege mit Timm nach Peru, teilte er mir mit. Ich verstand nichts und fragte dreimal nach. In der Tat war es Hamid gelungen, Timm mit einem Angebot zu locken, das selbst mir nicht eingefallen wäre. Er hatte seinen Sohn schlicht gefragt, ob er mit ihm nach Peru reisen wolle, und der hatte nach kurzer Bedenkzeit zugesagt. Auf die Frage, warum Timm bereit war, sein Eremitendasein zu beenden und dann ausgerechnet mit seinem Vater eine Überseereise zu unternehmen, wussten weder Hamid noch sonst jemand auf der Welt die Antwort, vielleicht noch nicht einmal der Junge selbst.

Es spielte auch keine Rolle, darin war ich mir mit meinem Bruder einig, Hauptsache er machte es. Peru, hatte ich gedacht. Hamid hatte vor Timms Geburt einige Zeit dort gelebt und gearbeitet, er liebte dieses Land. Wollte er nun, erschöpft und ausgebrannt, wieder an den Ort, an dem er sich jung gefühlt hatte und voller Zuversicht gewesen war? Ein wenig beneidete ich ihn damals, wo war eigentlich mein Peru? Bei diesem Telefonat hatte ich zum letzten Mal die Stimme meines Bruders gehört. Zehn Tag später war er tot. In der Andenstadt Cusco war er tödlich verunglückt. Bei der Beerdigung lernte ich meinen Neffen neu kennen. Vor mir stand ein unendlich trauriger Junge, und zugleich ein energischer junger Mann, der mir in die Augen sah, während er um Haltung rang. Die Ereignisse auf dieser Reise hatten ihn zurück ins Leben befördert. Am Ende hatte mein Bruder also doch ganz von alleine die Lösung gefunden, meine Ratschläge waren überflüssig gewesen. Wie gern hätte ich ihm dies noch gesagt.

„Hast du etwas von Timm gehört?", fragte Maria.

Ich nahm mein Smartphone, drückte auf das WhatsApp-Zeichen und zeigte Maria ein Foto. Timm stand zusammen mit seiner Freundin auf einem Maisacker, umgeben von einheimischen Bauern, im Hintergrund die Gipfel der Anden. Dem jungen Hamid sah er zum Verwechseln ähnlich.

Nach Hamids Beerdigung hatte Timm darauf bestanden, nach Peru zurückzukehren und dort in dem Entwicklungsprojekt einer Nichtregierungsorganisation mitzuhelfen. Das war in Ordnung, dachte ich damals, es konnte nicht schaden, wenn der Junge etwas in der Welt herumkam. Zwei, drei Monate, sagte ich mir, dann wäre er wieder zurück. Doch er blieb. Auf meine E-Mails reagierte er wortkarg. Am Telefon war es nicht viel besser, formelhaft wiederholte er, es gehe ihm gut. Seine Verschlossenheit ließ mir keine Ruhe, ich musste nach dem Rechten sehen, das war ich meinem Bruder schuldig. Als ich in Quito auf Geschäftsreise war, nutzte ich die Gelegenheit und unternahm einen Abstecher nach Lima. Von dort fuhr ich mit einem Mietauto viele Stunden in das abgelegene Andenstädtchen, in dem er sich aufhielt. Meine Sorgen erwiesen sich als unbegründet, er schien sich sogar zu freuen, mich wiederzusehen. Stolz stellte er mir seine Freundin und seine peruanischen Kollegen vor, nahm mich im Geländewagen mit in die umliegenden Dörfer und zeigte mir seine Arbeit. Beim Verabschieden rang ich ihm das Versprechen ab, mir öfter zu schreiben, und zwar mehr als nur Zweizeiler. Doch es bleib alles beim Alten. Allenfalls schickte er mir von Zeit zu Zeit per WhatsApp ein Foto, das war für ihn unaufwändig, das Antippen des Handys genügte. Immerhin. Ich begriff, dass er mich weder meiden noch etwas vor mir verbergen wollte. Nein, er war einfach

zu sehr mit seinem eigenen Leben beschäftigt. Timm
hatte seinen Platz gefunden, ich vermisste ihn sehr.

„Er wandelt auf den Spuren seines Vaters."

„Ihr mit Euren Vätern", sagte Maria schmunzelnd.

Unsere Regenmäntel waren immer noch feucht.
Der Regen hatte nachgelassen, ein kalter Wind wehte
durch die Fahrgasse. Ich legte meinen Arm um ihre
Schulter, schweigend liefen wir zum Parkhaus. Zu
Hause zog sich Maria irgendwo im Haus zurück. Im
Wohnzimmer wählte ich auf dem I-Pod *Bird on the
Wire*" von Leonard Cohen, legte die Füße hoch und
schloss die Augen.

11

Es gibt Tage, die sind ereignisreicher als eine ganze Woche. Ein solcher Tag war Montag, der 14. Dezember. Maria und ich saßen beim Frühstück, draußen war es noch dunkel, wir hörten die 7 Uhr-Nachrichten im Radio, da rief Uwe aus Johannesburg an. Aufgebracht teilte er mir mit, die Südafrikaner wollten seinen Vertrag nicht verlängern.

„Einen Moment bitte", sagte ich, „bitte der Reihe nach. Was ist passiert?"

David Nzimande hat gekündigt, erklärte Uwe, und der Nachfolger lehne es ab, den Vertrag zu verlängern. Stattdessen bestehe der darauf, Warnke wieder als Berater einzusetzen.

„Warum hat der gekündigt? Und wer ist sein Nachfolger?"

Wie ich nun erfuhr, waren die Korruptionsvorwürfe, die Warnke vor einem Dreivierteljahr in einem Radiointerview angesprochen hatte, dem Kommissionsleiter zum Verhängnis geworden, dabei war er wohl nur ein kleiner Fisch. Ein Journalist hatte so lange recherchiert, bis er auf ein Netzwerk gestoßen war, das sich über das Energieministerium bis zum staatlichen Elektrizitätsversorgungsunternehmen erstreckte, und irgendwie war auch David Nzimande daran beteiligt. Mit seinem Rücktritt kam er der Entlassung durch den Energieminister zuvor. Sein Nachfolger sei sein ehemaliger Stellvertreter.

„Der, der Warnke zu dem Radiointerview ermuntert hatte?", hakte ich nach.

„Genau der."

Ich seufzte.

„Du sagst es."

Warnke war mittlerweile in Nairobi unter Vertrag. Ich konnte ihn unmöglich da herausholen und in Johannesburg einsetzen. Und selbst wenn, was sollte aus Uwe werden?

„Ich muss darüber nachdenken."

„Was heißt nachdenken, Abbe? Ich bin meinen Job los, mein Visum wird nicht verlängert."

„Gib mir ein paar Stunden. Ich rufe Dich an."

„Abbe? Du musst das stoppen, sofort."

Das wusste ich selbst. Aber wie? Ich war dem neuen Leiter der Kommission noch nie begegnet. Ich brauchte jemanden, der direkten Zugang zu ihm hatte.

„Abbe?"

„Ja, ich bin noch da. Hör zu, Uwe, ich komme nach Südafrika. Mach Termine aus. Frau Schubert teilt dir meine Flugdaten mit."

Ich beendete das Gespräch und sah Maria an, die alles mitgehört hatte. Sie runzelte die Stirn. Spätestens an Weihnachten sei ich wieder da, versprach ich ihr.

Einstweilen musste ich mich um andere Dinge kümmern. Den ganzen Vormittag und den halben Nachmittag über nahm ich an einer Tagung der KfW-Bank teil. Flüchtlingshilfe war das Thema, nicht innerhalb Deutschlands, sondern in den Nachbarländern Syriens. Das war eine große Sache, die an uns nicht vorbeigehen durfte. Einen ersten Auftrag, ein Schulbauprogramm für syrische Flüchtlinge in der Türkei, hatten wir bereits, weitere mussten folgen. Zurück im Büro rief ich als erstes Bruce Willemson an. Bruce war Managing Director von Cape Solutions, unserer lokalen Partnerfirma, mit der wir seit vielen Jahren im südlichen Afrika zusammenarbeiten. Ich bat ihn, dafür zu sorgen, dass ich noch vor Weihnachten einen Termin beim neuen Chef der Kommission bekäme.

„Das wird schwierig", meinte er.

„Aber doch nicht für Dich."

Er kicherte.

Es ging bereits auf 21 Uhr zu, als ich endlich nach Hause fuhr. Inzwischen hatte Frau Schubert meinen Flug gebucht, und Uwe hatte einige Termine für mich vereinbart. Morgen Abend würde ich gegen 22 Uhr abfliegen und um 9.30 Uhr Ortszeit am Mittwoch in Johannesburg ankommen, Mittagessen mit Uwe und Bruce, und am Nachmittag ein Gespräch mit dem Referenten für Wirtschaftliche Zusammenarbeit in der deutschen Botschaft. Am Donnerstag würde ich den Director General im Energieministerium treffen. Für den Abend hatte Uwe eine Handvoll internationaler Berater im Energiesektor zu sich nach Hause eingeladen. Der Termin mit dem neuen Kommissionsleiter war für Freitagmorgen vereinbart. Alles Weitere würde sich vor Ort ergeben. Mehr konnten Uwe und ich für den Moment nicht tun, und für mehr war ich auch zu müde. Ich schaltete das Autoradio an. Mick Jagger sang *You can´t always get what you want*. Ich drehte auf. Aber dann wurde die Musik abgebrochen und das Signal, das die Nachrichten ankündigte, ertönte. Der Bundesparteitag der CDU hatte sich gegen eine Obergrenze für Flüchtlinge ausgesprochen, Angela Merkel wiederholte ihr „Wir schaffen das" und erhielt die breite Zustimmung der Delegierten. Nicht schon wieder, dachte ich. Seit Monaten schon hielt dieses eine Thema die Republik in Atem, keine Nachrichtensendung, keine Talkshow, die sich mit etwas anderem beschäftigte.

Ich wechselte den Sender. Udo Jürgens sang *Aber bitte mit Sahne*, ich schaltete das Radio aus.

Unser Haus war dunkel. Maria war wie jeden Mittwochabend beim Yoga, fiel mir ein. Danach würde die Gruppe noch etwas trinken gehen. Maria war oft mit ihren Freundinnen unterwegs, in der Oper, im Kino oder einfach nur im Restaurant. Ein wenig beneidete ich sie. Meine alten Freunde sah ich nur noch selten, und neue waren schon lange nicht mehr hinzugekommen. Ich hing meinen Mantel auf, zog meine Jeans an, wusch mir die Hände und begab mich in die Küche. Im Kühlschrank waren Camembert, ein Rest Gurkensalat und geräucherte Forelle. Ich nahm alles raus und schnitt mir zwei Scheiben Brot ab, als es an der Haustür klingelte. Maria hat ihren Schlüssel vergessen, dachte ich. Aber so früh schon?

„*Salam Agha je Hamidzadeh*", begrüßte mich Reza auf Persisch. „*Entschuldigen Sie bitte die Störung. Ich weiß, es ist schon sehr spät. Aber wir sind in großer Not.*"

Nein, nein, nein, nicht jetzt, dachte ich. Wenn er Geld will, gebe ich es ihm, beschloss ich. Hauptsache, ich würde ihn schnellstmöglich los.

„*Bitte*", sagte ich auf Persisch, schob die Haustür weit auf und trat zur Seite.

Im Wohnzimmer blieb Reza vor dem Sofa stehen, bis ich ihm einen Platz anbot.

„*It's late, I'm tired and still have to pack my bags. I'm flying* to South Africa tomorrow. So what´s the matter?"

Reza nickte heftig und wollte wieder anfangen, sich zu entschuldigen. Ich stoppte ihn.

„Du hast fünf Minuten, mir dein Anliegen vorzutragen." Ich schaute demonstrativ auf die Uhr. In meinem Portemonnaie hatte ich noch etwa 200 Euro, sollte er mehr brauchen, würde ich mit ihm zum nächsten Bankautomaten fahren.

Reza saß mit rundem Rücken da, knetete seine Hände und schaute zu mir auf. Er war unrasiert und hatte gerötete Augen.

„Warte", sagte ich, stand auf, holte aus der Küche eine Flasche Mineralwasser und zwei Gläser, goss ihm ein.

„Hier bitte, trink."

Er leerte sein Glas in einem Zug.

„Jetzt erzähl."

„Unser Vermieter hat uns fristlos gekündigt und das Schloss ausgewechselt, wir kommen nicht mehr in unsere Wohnung."

„Warum?"

Wie ich erfuhr, hatten sie die Miete nicht gezahlt, und das seit drei Monaten.

„Wieviel?"

„400 Euro."

„So wenig, im Monat?"

„Es sind nur zwei kleine Zimmer mit Bad und Küche."

„Sagtest du nicht, du wohnst bei Freunden?"

„Ja."

„Ihr wohnt mit mehreren Personen in zwei kleinen Zimmern?"

Waren das überhaupt Freunde? Oder handelte es sich um eines dieser Unterkünfte mit Etagenbetten, vermietet von üblen Ausbeutern an arglose Ausländer oder Saisonarbeiter? Nein, das konnte ich mir nicht vorstellen.

„Oder ist es nur ein Freund, mit dem du da wohnst?"

„Ich .., nun ja, ich .." Er rieb sich die Stirn.

„Oder gar eine Freundin, eine Frau?" Ja, klar, dachte ich. Er schaute überrascht auf.

„Hör zu, das ist schön, dass du in so kurzer Zeit eine Freundin gefunden hast. Ist es ihre Wohnung?"

Er zuckte verlegen die Schultern. Also ja, sagte ich mir.

Ich wollte schon fragen, wo er sie kennengelernt hatte, wer sie war und all das. Aber dann würden wir noch Stunden hier sitzen. In der Küche wartete die geräucherte Forelle, seit dem Mittagssnack in der KfW-Bank hatte ich nichts mehr gegessen. Mir war schlecht vor Hunger. Je schneller wir das hier erledigten, desto besser.

„Okay, und jetzt brauchst Du Geld für die anstehende Miete, richtig?"

Erneut nickte er. Warum war er mit einem Mal so wortkarg?

„Gut, dann fahren wir jetzt zur Bank, ich hebe am Automaten Geld ab und gebe dir, was du brauchst."

Ich sprang auf, um die Autoschlüssel zu holen. Damit wäre die Sache erledigt. Nach meiner Rückkehr aus Südafrika könnte ich eine vernünftige Wohnung für die Beiden finden.

Als ich wieder ins Wohnzimmer trat, saß Reza immer noch auf dem Sofa und machte ein zerknirschtes Gesicht.

„Wir können", sagte ich vielleicht etwas zu laut.

„Entschuldigen Sie bitte. Da ist noch etwas, was ich Ihnen sagen muss."

Ich setzte mich seufzend wieder hin. Es wäre auch zu schön gewesen. Bei Reza ging anscheinend nichts schnell.

„Ja?"

„Ich wohne dort mit meiner Familie."

„Wie bitte?" Meine Müdigkeit war verflogen.

„Mit meiner Frau und meinem Sohn."

„Was?"

Ich schnappte nach Luft. Das konnte doch gar nicht sein.

„Ich bitte Sie, nichts davon meinem Vater oder anderen Verwandten zu erzählen." Er sah mich beschwörend an.

Er meinte das ernst, das erkannte ich und konnte es doch nicht glauben. Was spielte sich hier ab?

„Du hast mir die ganze Zeit über etwas vorgespielt?", brüllte ich. *„Wer bist du eigentlich?"*

„Ich bitte um Entschuldigung. Ich weiß, es war nicht richtig." Er stand auf. *„Ich hätte nicht hierherkommen sollen. Verzeihen Sie die Störung."*

„Hinsetzen! Was soll das heißen, mit Frau und Sohn?"

Er stand immer noch.

„Na los, antworte."

„Erlauben Sie mir bitte, meine Frau und meinen Sohn zu holen."

„Ja, wo sind die denn?"

„Im Auto."

„Bist du wahnsinnig, sie bei diesen Temperaturen draußen warten zu lassen?"

Ich machte erst einmal Tee. Er zog noch, als Reza wieder hereinkam, hinter ihm eine junge Frau, auf ihrem Arm ein in mehrere Decken gehülltes Baby, das zu schlafen schien. Die Frau war unverkennbar Iranerin und wirkte sehr jung, schwarze Haare, rundes Gesicht, mandelförmige Augen. In ihrem weinroten Dufflecoat sah sie aus wie eine Schülerin. Doch kaum öffnete sie den Mund verflog der Eindruck. Sie hatte eine wohlklingende dunkle Stimme.

„Salam, Agha je Hamidzadeh." Wie Reza zuvor entschuldigte sie sich für die späte Störung, Ihr Mann habe ihr so viel von mir erzählt, dass sie schon fast das Gefühl habe, mich zu kennen. Sie freue sich, mich nun auch persönlich kennenzulernen, auch wenn sie es lieber unter anderen Umständen getan hätte. Ihr Name sei Forugh.

So wie ich die beiden eng beieinanderstehen sah, das schlafende Baby auf den Armen der jungen Frau, ihre höflichen Worte noch im Ohr, milderte sich meine Wut.

Ich begrüßte sie auf Persisch und bat sie Platz zu nehmen. Dann verschwand ich in die Küche und holte den Tee, ging noch einmal zurück, brachte eine Schale mit Weihnachtsplätzchen und fragte mich, was ich da eigentlich tat.

Das Kind lag nun zwischen Forugh und Reza auf dem Sofa. Es war wach geworden und sah mich aus seinen runden braunen Augen an.

„Hallo, wie gehts?" fragte ich das Baby.

„Das ist Nima", sagte Forugh mit Stolz in der Stimme.

„Wie der große Dichter?"

„Ja, lieben Sie auch seine Gedichte so sehr?"

Ich nickte unverbindlich. Mehr als den Namen des Dichters kannte ich nicht. Vater hielt große Stücke auf ihn und hatte den Namen oft erwähnt, das war alles.

„Bitte greifen Sie zu. Die hat meine Frau selbst gebacken, sehr zu empfehlen." Ich wies auf die Schale mit den Weihnachtsplätzchen und schob mir selbst eines in den Mund. Hoffentlich kommt Maria bald nach Hause, dachte ich.

„Köstlich", bestätigte Forugh.

„Wie alt ist Nima?"

„Sechs Monate. Möchten Sie ihn mal auf den Arm nehmen?"

„Danke, später vielleicht."

Ich fragte mich, wo die kleine Familie die Nacht verbringen sollte, und ahnte schon die Antwort. Mit Geld abheben am Automaten war es nicht getan, jedenfalls nicht heute Nacht.

Ich sagte mir, dass ich schon Anstrengenderes erlebt hatte - bis in die Nacht dauernde Verhandlungen, bei denen ich mich nur mit Hilfe von Kaffee wachhalten konnte; stundenlanges Warten im Transitbereich abgelegener Flughäfen; Übernachtungen in Lehmhütten irgendwo im Sahel mit Eidechsen, die über mich hinweghuschten, und unsichtbaren Schlangen in den dunklen Ecken. Ich würde auch das hier hinter mich bringen. Den fehlenden Schlaf könnte ich auf dem Flug nach Johannesburg nachholen.

„Habt Ihr schon was gegessen?"

„Ich bitte Sie, machen Sie sich keine Mühe, wir sind satt", erwiderte Forugh.

Ich rief beim Italiener an und bestellte dreimal Pizza mit allem, eine große Schüssel italienischen Salat und eine große Flasche Coca-Cola. Iraner liebten Cola, das wusste ich von früher.

Nachdem wir unser spätes Abendessen beendet hatten, machte sich Forugh daran, den Esstisch abzuräumen, ohne ein Wort darüber zu verlieren. Sie schien eine patente junge Frau zu sein. Reza und ich ließen uns wieder auf dem Sofa nieder, zwischen uns lag der kleine Nima, dem wir mit Kissen und Decken eine Lagerstätte bereitet hatten. Er war unzufrieden, strampelte die Decke weg und beschwerte sich lautstark. Reza streichelte sein Köpfchen und redete ihm gut zu. Es rührte mich, wie er sich um seinen Sohn bemühte, auch wenn er ihn nicht zufriedenstellen konnte. Das alles war wohl zu viel für den Kleinen, er war übermüdet und spürte die Anspannung seiner Eltern, dachte ich. Schließlich ließ Forugh alles liegen, nahm den Kleinen hoch und roch an seinem Popo.

„*Kein Wunder*", bemerkte sie und schickte Reza zum Auto, um eine Tasche zu holen.

„*Entschuldigen Sie bitte, Agha je Hamidzadeh, es ist mir sehr peinlich. Wo bitte darf ich dem Kind die Windeln wechseln?*"

Ich schaute mich um und wusste es auch nicht.

„*Machen Sie es einfach hier*", entschied ich.

„*Hier?*"

„*Moment.*" Ich ging in schnellen Schritten ins Bad und holte einen Stapel Handtücher, die Forugh sogleich auf dem Sofa ausbreitete. Sie zog Nima erst das Höschen und schließlich die Windeln aus. Alle Achtung, der Kleine hatte ganze Arbeit geleistet. Der Gestank war überwältigend.

Reza war außer Atem, er stellte eine Sporttasche hin, zog daraus eine Windel hervor und hielt sie seiner Frau hin. Die beiden waren ein eingespieltes Team.

"*Entschuldigen Sie bitte*", wandte sich die junge Mutter wieder an mich. „*Haben Sie vielleicht eine Plastiktüte?*" Sie hielt die zusammengelegte Windel vorsichtig hoch.

„*Plastiktüte*", wiederholte ich wie ein Lehrling und verschwand in die Küche. Ich riss ein paar Schubladen auf, wusste, wir hatten Plastiktüten, aber wo? Im nächsten Augenblick hörte ich einen wilden Schrei. Ich rannte zurück ins Wohnzimmer, und da stand Maria.

„Wer sind Sie? Was ist hier los?", schrie sie.

„Hallo Maria. Kein Grund zur Aufregung, Reza hat seine Frau und sein Kind mitgebracht", versuchte ich sie zu beruhigen.

„Abbe!"

Sie blickte von mir zu den beiden Gästen.

„Um Gottes Willen. Warum stinkt es hier so?"

„Warte."

„Was?"

Ich schob Forugh, die immer noch die volle Windel in der Hand hielt, sanft zur Seite und zeigte auf den Kleinen.

„Das ist Nima. Er musste mal." Ich beherrschte mich, um nicht laut loszulachen.

„*Good Evening, Madame. I am very sorry …*", meldete sich nun Reza zu Wort.

„Oh, Reza!" Maria schien ihn jetzt erst zu erkennen.

„Guten Abend, Frau Hamidzadeh. Bitte entschuldigen Sie wir stören. Mein Name ist Forugh, ich bin Frau von Reza. Ich freue mich Sie kennenlernen." Sie sprach Deutsch! Sieh einer mal an, dachte ich.

Maria starrte die junge Frau an, dann ging sie ein paar Schritte vor und betrachtete Nima. Der schien, nun befreit von der vollen Windel, wieder mit sich und der Welt im Reinen zu sein.

Maria sah vom Baby zu Reza, zu Forugh und schließlich zu mir, drehte uns den Rücken zu, ging geradewegs in die Küche und kam im nächsten Augenblick mit einer Plastiktüte in der Hand wieder zurück.

„Werfen Sie die Windel da rein.“

Forugh gehorchte, eine Entschuldigung murmelnd. Maria knotete die Tüte zu und ging damit eilig zur Haustür raus. Von draußen hörte ich das Klappern der Mülltonne.

12

Es war schon nach Mitternacht, als Maria und ich endlich im Bett lagen, wobei streng genommen nur ich lag. Maria hatte sich im Bett aufgesetzt und dachte nicht daran zu schlafen, sie wollte reden. Ich war dazu nicht mehr in der Lage, hatte meine Nachttischlampe schon ausgemacht und ihr den Rücken zugekehrt, in der Hoffnung, in Ruhe gelassen zu werden. Vergeblich.

„Abbe!"

„Hmm."

„Wie soll das hier weitergehen?"

„Bitte Maria, lass uns beim Frühstück reden."

„Ich brauche Klarheit, sonst kann ich nicht schlafen."

„Und ich muss schlafen, sonst kann ich nicht klar

denken."

„Abbe! Wir müssen Entscheidungen treffen."

Es hatte keinen Zweck, sie würde nicht aufgeben. Ich setzte mich auf und stopfte mir mein Kopfkissen hinter den Rücken.

„Pass auf, ich quartiere die beiden morgen in einem Hotel ein und bezahle im Voraus."

„Ich weiß nicht. Das sind schließlich deine Verwandten."

Sie sagte das in einem Ton, als sei ich asozial. Dabei hatte ich das nur aus Rücksicht auf sie vorgeschlagen, weil ich sie nicht allein mit den Dreien lassen wollte, während ich in Südafrika war.

„Wärst du denn einverstanden, wenn die bei uns bleiben, bis sie eine eigene Wohnung haben?

„Ja klar."

Ich küsste sie auf die Wange.

„Wenn ich aus Südafrika zurück bin, suche ich eine vernünftige Wohnung für die."

„Du willst allen Ernstes jetzt nach Südafrika fliegen?"

„Ich muss."

„Kommt nicht in Frage."

„Machst du Witze?"

„Du kannst mich nicht mit all dem hier allein lassen und in der Welt herumreisen", empörte sie sich. „Außerdem ist bald Weihnachten."

„Schrei nicht so. Du weckst das Baby."

Nebenan im Gästezimmer schlief die kleine Familie.

Im Laufe des Abends hatte ich mich beruhigt, fühlte mich ab einem gewissen Punkt sogar recht wohl mit diesen jungen Leuten. Kaum waren Essen und Getränke angeliefert worden, verschwand Forugh wie selbstverständlich in die Küche. Ich hörte, wie Schranktüren und Schubladen geöffnet und geschlossen wurden, vernahm das Klappern von Geschirr und Besteck, und verfolgte staunend, wie sie sich anschickte, den Tisch zu decken. Kaum saßen wir beim Essen, attackierte Reza den dicken Pizzateig mit Messer und Gabel, sägte und zerrte, als wolle er sich von nun an nichts mehr gefallen lassen. Forugh hingegen machte es mir nach, indem sie ein Pizzastück in die Hand nahm und beherzt hineinbiss. Ich war nicht der Einzige, der ausgehungert war.

„Sie haben sicherlich einen arbeitsreichen Tag hinter sich, Agha je Hamidzadeh. Und dann kommen auch noch wir und fallen Ihnen zur Last", richtete sie tastend das Wort an mich.

„Ich bitte Sie", murmelte ich und ärgerte mich, dass mir nichts Besseres einfiel. Eigentlich wollte ich gar nicht sprechen, sondern nur in Ruhe essen.

Schweigend beugte sich nun jeder über sein Essen. Nur das Klacken von Rezas Messer und Gabel auf seinem Teller unterbrach die Stille. Je länger sie dauerte, desto fremder fühlte ich mich gegenüber diesem jungen Paar, umso unwirklicher erschien mir die Lage.

„Wie lange sind Sie schon in Deutschland?", rang ich mir schließlich ab, um etwas zu sagen.

Flackerten ihre Augen? War mein Persisch zu grob? Ihr Blick erinnerte mich an so manchen Bewerber in den ersten Minuten eines Vorstellungsgesprächs. Ich deutete ein Lächeln an und nickte ihr ermunternd zu. Jetzt lächelte sie zurück, offenbar erleichtert. Sie legte ihr Pizzastück zurück auf den Teller, wischte sich dezent über den Mund und erzählte, sie halte sich seit Anfang des Jahres in Frankfurt auf. Sie sei vorausgereist, da es etwas gedauert hätte, bis Reza alle Papiere beisammengehabt hätte, um ein Visum zu bekommen. Aber immerhin sei er rechtzeitig zu Nimas Geburt da gewesen.

„Der Kleine ist also hier in Deutschland geboren", stellte ich fest.

Forugh warf Reza einen Blick zu.

„Ja, er ist wie gesagt sechs Monate Jahr alt", sprang ihr Reza bei.

Ich hatte tausend Fragen dazu, und zugleich erübrigte sich eigentlich jede weitere, vorerst. Ich konnte schließlich rechnen.

„Agha je Hamidzadeh", setzte Reza mit belegter Stimme an.

„Schon gut", unterbrach ich ihn und fuhr mir mit dem Zeigefinger über die zusammengepressten Lippen. *„Kein Wort davon nach Teheran."*

Als ich plötzlich eine kräftige Hand auf meiner spürte, erschrak ich etwas.

„Danke, Agha je Hamidzadeh", sagte Reza und zog seine

Hand wieder weg.

„Ist doch klar", murmelte ich. Für wen hielten die mich?

Als wollte er auch seinen Beitrag zum Gespräch leisten, quakte in diesem Moment Nima, und wir brachen in erlösendes Lachen aus. Unser stilles Haus war zum Leben erwacht. Wann war hier das letzte Mal ein kleines Kind zu Besuch gewesen? Ich konnte mich nicht erinnern. Wenn jetzt ein Fremder zur Tür hereinkäme, könnte er uns für eine ganz normale Familie halten, eine iranische. Ich vernahm die Melodie der persischen Sprache, beobachtete wie Reza sein Söhnchen herzte, und wie Forugh beim Erzählen ihre Hände zu Hilfe nahm. Gleich einem Polaroidfoto, das beim Entwickeln nach und nach Konturen herausbildete, erwachten meine Erinnerungen an meine letzte Iranreise zu neuem Leben.

Ich war im vierten Semester Wirtschaftswissenschaften an der Goethe-Universität in Frankfurt gewesen und besuchte meinen Onkel in Teheran. Der hatte mich eingeladen, und ich konnte schlecht Nein sagen. Die Reise bestand aus einer Abfolge von Einladungen zum Mittag- oder Abendessen bei Verwandten, durch die ich mich quälte, ständig von dem Gefühl der Unzulänglichkeit begleitet. Es war nicht so sehr die persische Sprache, die mir Mühe bereitete, sondern die Umgangsformen. An dem nachsichtigen Lächeln der einen und dem verwunderten zweiten

Blick der anderen merkte ich, dass ich soeben wieder die persischen Höflichkeitsregeln missachtet hatte. Manche sprachen mit mir betont langsam und deutlich, weil sie wohl fürchteten, anders von mir nicht verstanden zu werden. Am liebsten streifte ich allein durch Teheran. Es war so wohltuend, von Menschen umgeben zu sein, die alle aussahen wie ich, eben persisch, und das bedeutete mehr als nur schwarze Haare und braune Augen zu haben. Ich genoss den Anblick des schneebedeckten Damavand, der sich im Norden majestätisch über die Stadt erhob, den Duft der Gewürze und die bunten Warenstände in den verwinkelten Gassen des Bazars, und das Plätschern der Springbrunnen in vollbesetzten Gartenlokalen an lauen Sommerabenden. Saß ich dann wieder im Taxi, um zurück zum Haus meines Onkels zu fahren, brauchte ich nur zwei Sätze zu sagen, und schon erkannten die Fahrer, dass ich im Ausland lebte, und sagten Dinge zu mir wie „Willkommen zu Hause" oder machten sich einen Spaß daraus zu raten, ob ich aus Amerika, England oder Deutschland käme. Die meiste Zeit über aber dachte ich an Maria und schrieb ihr glühende Liebesbriefe, die teilweise erst nach meiner Rückkehr eintrafen, denn viel länger als zwei Wochen hielt ich es ohne sie nicht aus.

Maria umklammerte ihre angezogenen Knie und starrte ins Leere. Sie hatte recht. Andererseits konnte ich unmöglich auf diese Reise verzichten. Sollte ich Uwe seinem Schicksal überlassen und das komplette Südafrika-Geschäft zum Scheitern bringen? Und das alles wegen Reza?

„Mach dir keine Sorgen. Ich lasse mir etwas einfallen", sagte ich schließlich.

Frau Schubert versuchte den ganzen Vormittag über, den Vermieter von Reza und Forugh telefonisch zu erreichen. Seine Telefonnummer in Erfahrung zu bringen, war schon schwer genug gewesen. Reza hatte sie nicht. Schließlich musste Forugh ihre Tante fragen. Bei dieser Gelegenheit erfuhr ich, dass die junge Frau eine Tante hatte, die ebenfalls in Frankfurt lebte. Aber das war eine andere Geschichte, die ich erst nach und nach erfahren sollte.

Es war schon Nachmittag, als ich endlich dazu kam, mich um Rezas Angelegenheiten zu kümmern. Das Büro des Vermieters befand sich in der Berger Straße. Ich ließ mein Auto in der Tiefgarage stehen und nahm an der Bockenheimer Warte die U-Bahn, im Berufsverkehr war ich damit allemal schneller. Als ich an der Haltestelle Höhenstraße aus dem Untergrund wieder aufstieg, war es schon dunkel. Über die beiden Straßenseiten hinweg strahlten weihnachtliche Lichterketten, Leuchtgirlanden schmückten die Schaufenster der Läden, und die Bürgersteige waren voll. Ich kam nur langsam voran, schob mich an einer alten Frau mit

Rollator vorbei, wich einem Pulk von Einkaufenden, die aus dem ALDI drängten, aus und wäre beinahe in eine Gruppe von Männern mit schwarzen Schnurrbärten hineingerannt. Die standen mitten auf dem Weg und unterhielten sich in aller Ruhe, während sie Rosenkranz-Ketten durch ihre Finger gleiten ließen. Aus einer Imbissstube wehte mir der Duft von Kebab in die Nase und ließ mich fast schwach werden. Frau Schubert hatte mir mittags ein belegtes Brötchen gebracht, aber für mehr als einen Bissen war keine Zeit gewesen. Vom Boden aus streckte mir ein Mann die Hand entgegen. Er saß an die Hauswand gelehnt, seine Beine steckten in einem Schlafsack. Dicht neben ihm lag ein schwarzer Hund, sie wärmten sich wohl gegenseitig. Ich beschloss, ihm auf dem Rückweg einen Euro zu geben. Da bemerkte ich endlich den Woolworth. Zu dem Gebäude müsse ich, hatte mir Frau Schubert gesagt. Das kleine Kaufhaus mit dem roten Schriftzug über dem Eingang war nicht zu übersehen. Das Büro des Hausbesitzers war im zweiten Stock. Auf einem Messingschild rechts neben der Tür stand: *Wagner & Partner Immobilien GmbH.*

Herr Wagner ließ mich, kaum hatte ich sein Büro betreten, wissen, er habe eigentlich überhaupt keine Zeit. Ich versicherte ihm, auch ich sei in Eile, woraufhin er mich eingehend musterte. Offenbar kam er zu dem Ergebnis, einen zahlungskräftigen Kunden vor sich zu haben. Ich war in meinem üblichen Business-Outfit unterwegs, Anzug, Krawatte, blank polierte Schuhe. Er hingegen wirkte nicht wie ein typischer Immobilienkaufmann, eher wie ein erschöpfter Lehrer, braunes Cordsakko, Rollkragenpullover, Ringe unter den Augen. Wagner erhob sich von seinem Schreibtischstuhl und bat mich zu einer kleinen Sitzgruppe aus schwarzem Leder. Die Sessel waren die einzigen schicken Möbelstücke in dem Raum, alles andere, sein Schreibtisch, die Rollschränke, die Vorhänge waren schon in die Jahre gekommen. Der Perserteppich war nicht echt, das sah ich auf den ersten Blick. Das Immobilienimperium dieses Herrn konnte nicht sehr groß sein. Mit ihm würde ich schnell handelseinig werden, dachte ich.

„Was kann ich für Sie tun?"

Ich stellte mich vor, indem ich vorgab Rezas Onkel zu sein und mit ihm über die Zweizimmerwohnung in der Robert-Mayer-Straße 25 sprechen zu wollen, dabei reichte ich ihm meine Visitenkarte.

„Der Name sagt mir nichts", erwiderte er.

„Wie gesagt, Herr Reza Sarvestani ist Mieter in der Robert-Mayer-Straße 25."

„Warten Sie."

Er begab sich zu seinem Computer, tippte etwas in die Tastatur.

„Ich habe keinen Mieter, der so heißt", sagte er schließlich und nahm schnaufend wieder Platz.

„Sie haben ihn, seine Frau und das Baby gestern vor die Tür gesetzt."

„Ach, die Sache. Das sind keine Mieter."

„Wie meinen Sie das?"

„Ganz einfach. Der Mieter ist verschwunden und zahlt nicht mehr. Stattdessen haben sich diese Leute da breitgemacht. Die haben da nichts verloren."

Ich verfluchte Reza. War er zu dumm oder zu verschlagen, um mir die volle Wahrheit zu sagen? Ich kam mir vor wie ein Idiot.

„Ich habe weiß Gott nichts gegen Flüchtlinge, aber auch Syrer müssen sich hier an die Regeln halten. Sonst geht gar nichts", legte der Vermieter nach.

Ich ließ Reza Syrer sein und versuchte mich zu konzentrieren.

„Herr Wagner, ich kann die ausstehende Miete und zusätzlich einen Monat im Voraus bezahlen, wenn Sie bereit wären, die jungen Leute vorerst dort wieder wohnen zu lassen."

„Nein, die Wohnung muss erst einmal gründlich renoviert werden. Dann wird sie neu vermietet."

„Lässt sich da nichts machen? Mein Neffe, seine Frau und ihr sechsmonatiges Kind sitzen auf der Straße."

„Also übertreiben Sie mal nicht. Bei uns muss niemand auf der Straße sitzen, auch keine Asylanten."

„Dann bedanke ich mich für das Gespräch." Ich stand auf und knöpfte meine Anzugjacke zu.

„Warum mieten Sie nicht die Wohnung? Für

Ihren Neffen."

„Und die Renovierung?"

„Eilt nicht."

„Herr Wagner, ich fliege heute Abend nach Südafrika. Könnten wir nach Weihnachten über die Vermietung sprechen? Bis dahin …"

Er ließ mich nicht ausreden.

„Brauchen Sie denn nicht sofort etwas für Ihren Neffen?"

Wagner hatte mich in der Falle. Einen Plan B hatte ich nicht.

„Okay, wie lange dauert es, den Mietvertrag aufzusetzen?"

„Das geht ruckzuck." Der Vermieter sprang auf und verließ den Raum.

Ich rang mit mir. Bis zur Fahrt zum Flughafen blieben mir nur drei Stunden, in denen ich mich von Vater verabschieden, mit Maria sprechen und Reza den Wohnungsschlüssel geben musste. Selbst, wenn ich sofort losstürzen würde, wäre das alles nur schwer zu schaffen. Aber jetzt wieder zu gehen, ohne etwas erreicht zu haben, war auch undenkbar. Ich wollte hinter Rezas Probleme einen Haken machen und mich endlich auf meine Angelegenheiten konzentrieren.

Wagner kam wieder zurück, ohne Mietvertrag. „Dauert nicht lange", meinte er ließ sich wieder mir gegenüber nieder. Meine Laune verdüsterte sich bei der Vorstellung, mit diesem Menschen nun plaudernd die Zeit zu überbrücken. Er nahm meine Visitenkarte wieder zu Hand, starrte darauf und sagte schließlich: „Wen beraten Sie denn, wenn ich fragen darf?"

Aber das war nur der Einstieg, meine Antwort schien ihn nicht zu interessieren, sein Blick schweifte ab, und als ich Luft holte, übernahm er. Übergangslos legte mir Wagner alle Windungen und Widrigkeiten des Immobilienmarktes dar und hörte nicht mehr auf zu reden. Ich konnte ihm bald nicht mehr folgen, es war mir auch egal, was er von sich gab, ich wollte nur noch, dass es aufhörte. Als seine Mitarbeiterin endlich zwei Exemplare des Mietvertrags brachte, war mein Kopf leer und ich wusste nicht mehr genau, wer ich war. Wie zu erwarten, hatte er die Gelegenheit genutzt und die Miete erhöht, Reza hatte etwas von 400 Euro gesagt, nun sollten es 600 sein. Ich unterschrieb und er gab mir die Wohnungsschlüssel.

„Südafrika, sagten Sie?" fragte er zum Abschied.

„Ja."

„Na, dann schönen Urlaub."

Als ich wieder auf die Straße trat, war es 18 Uhr. Das Gedränge hatte zugenommen, Menschen liefen dicht an mir vorbei, streiften mich. Der Obdachlose mit seinem schwarzen Hund saß immer noch an der gleichen Stelle, er hatte die Knie angezogen, wohl um nicht allzu sehr im Weg zu sein. Ich haderte mit mir, ob es die richtige Entscheidung gewesen war, die Wohnung zu mieten. Und obendrein eine, die ich noch nicht mal gesehen hatte. Wagner war nicht der Typ, der in seine Immobilien investierte, so viel war klar. Aber immerhin hatte ich ihm abgerungen, die Wohnung innerhalb der ersten drei Monate renovieren zu lassen. Das war mein letzter Gedanke, bevor ich mit dem Fuß gegen etwas Hartes stieß, jäh nach vorne stürzte und gegen eine mir entgegenkommende Dame fiel. Sie fing mich auf. Für Sekunden lag ich in ihren Armen, mein Kopf am Pelzkragen ihres Mantels, den Duft schweren Parfums in der Nase. Ich verstand nicht, was da gerade geschah. Sie schob mich behutsam von sich und sagte nur „Hoppla."

Sie hatte ein freundliches Gesicht, ich fühlte mich wie ein Trottel.

„Entschuldigen Sie bitte." Ich ging sofort einen Schritt zurück. Sie sollte keinesfalls denken, ich hätte das mit Absicht getan. Derweil waren einige Passanten stehen geblieben und glotzten, andere warfen mir im Vorübergehen einen Blick zu.

„Alles in Ordnung?", fragte sie. Sie war jünger als ich, aber nicht viel.

Mein rechter Fuß tat höllisch weh. Ich bat sie noch einmal um Verzeihung und humpelte davon. Nach wenigen Schritten merkte ich, dass etwas nicht stimmte, meine Hände waren leer. Der Mietvertrag, wo war der Mietvertrag? Ich hinkte zurück, suchte den Bürgersteig ab, nichts. Waren die Blätter unter ein geparktes Auto geweht worden? Ich ging auf die Knie, auf dem Asphalt lag ein schmutziggrauer Rest von Schnee, meine Anzughose war mir egal. Nichts. Mein Fuß schmerzte, mir war schlecht vor Hunger, und jetzt hatte ich auch noch den Mietvertrag verloren. Menschen gingen an mir vorüber, als sei nichts geschehen. Die nette Frau war nicht mehr zu sehen. Mein Blick fiel auf den Obdachlosen, der schien etwas zu lesen. Ich ging näher heran. Was er in den Händen hielt, waren bedruckte weiße Blätter, es war der Mietvertrag.

„Hallo, das habe ich verloren", sagte ich zu ihm und streckte den Arm aus, um es entgegenzunehmen.

„Das is mir zugefloche. Der liebe Gott hat mich erhört und mir e Wohnung geschenkt. Isch wohn jetzt in der", er beugte sich über den Vertrag, „in der Robert-Mayer-Straß 25. Isch brech die Zelde hier ab." Der Obdachlose kicherte wiehernd.

„Geben Sie mir das bitte, es gehört mir." Für Spielchen hatte ich keine Nerven.

„Der feine Herr. Sie sin mir vorhin schon uffgefalle."

„Ich bin sehr froh, dass Sie es gefunden haben." Ich holte mein Portemonnaie hervor und hielt ihm 20 Euro hin.

„Die Miete könnt isch eh net zahle", meinte er, riss mir den Geldschein aus der Hand und gab mir den Vertrag.

„Vielen Dank."

„Besser uffbasse."

Den mittlerweile fleckigen Mietvertrag faltete ich zusammen, steckte ihn tief in die Innentasche meines Mantels und humpelte davon. Bei jedem Schritt schmerzte mein rechter Fuß, genaugenommen der große Zeh, wie ich nun feststellte. Mit einem Mal war mir alles zu viel. Wozu machte ich das alles? Ich blieb abrupt stehen, wenige Meter entfernt erblickte ich das Imbissrestaurant, an dem ich auf dem Hinweg vorbeigehetzt war. Wie ferngesteuert ging ich darauf zu, riss die Tür auf und tauchte in den Kebab Duft, der dem Grillofen entströmte, ein.

An der Theke warteten Jugendliche dicht an dicht darauf, an die Reihe zu kommen. Zwei Tische waren mit Familien besetzt, bärtige Männer, Frauen mit Kopftüchern, kleine Kinder. Ich saß allein an dem dritten Tisch, mehr gab es nicht, und ich war auch der Einzige, der bedient wurde. Nachdem ich meine Bestellung aufgegeben hatte, suchte ich die Toilette auf, setzte mich auf den Klodeckel und zog den rechten Schuh und die Socke aus. Der Nagel meines großen Zehs war blutunterlaufen, ansonsten konnte ich ihn bewegen, nichts gebrochen. Das war schon einmal beruhigend.

Der Adana-Kebab mit Fladenbrot schmeckte köstlich, dazu trank ich ein Glas Ayran und danach bestellte ich Tee aus dem Samovar und ein gutes Stück

Baklava. Allmählich kehrte mein Optimismus zurück. Nichts von dem Geschehenen war dramatisch, sagte ich mir, so etwas passierte eben. Niemand, den ich kannte, hatte mein Missgeschick mitbekommen oder müsste je davon erfahren. Und ich selbst beschloss, es schnell wieder zu vergessen.

Mittlerweile war es allerdings schon 19 Uhr. In einer Stunde sollte ich am Flughafen sein. Ich rang einen Anflug von Panik nieder und versuchte die Dinge zu ordnen, das half immer. Um Vater im Seniorenheim zu besuchen war es zu spät. Eigentlich musste ich nichts weiter tun als Reza den Wohnungsschlüssel geben und mich kurz von Maria verabschieden. Mein Koffer war gepackt und ich war online eingecheckt.

13

Gegen 19.30 Uhr traf ich zu Hause ein. Maria saß mit unseren Gästen beim Abendessen, Spaghetti Bolognese, wie ich sah. Reza erhob sich und reichte mir die Hand, woraufhin auch Forugh mich begrüßte. Sie verbeugte sich im Sitzen, das Baby saß auf ihrem Schoß.

Marias Blick war kühl. „Wo kommst du denn her? Ich habe dich tausendmal angerufen."

„Mein Handy war auf stumm gestellt."

„Wie praktisch!"

Ich hoffte, sie würde sich mäßigen. In Gegenwart meines Verwandten wollte ich keine Szene. Ich holte Rezas Wohnungsschlüssel hervor, hielt ihn hoch und sagte, nun sei alles geregelt, die drei könnten wieder in ihre Wohnung.

„Wie hast du das denn geschafft?", fragte Maria nun schon etwas freundlicher.

„Ich habe mit dem Vermieter geredet."

„Einfach so?"

Es hatte keinen Zweck, Maria etwas vorzuspielen. Sie würde es früher oder später ohnehin erfahren.

„Ich habe die Wohnung gemietet."

„Du hast was?"

Forugh gab einen Laut von sich und warf ihrem Mann einen Blick zu. Der schüttelte fragend den Kopf, sie flüsterte ihm etwas zu, worauf er mich verwundert ansah.

„Ihr könnt sofort wieder in die Wohnung, ich habe das geregelt", sagte ich auf Persisch, worauf Reza mir wortreich dankte, es fehlte nur noch, dass er mir die Hände küsste. Aber so einfach wollte ich ihn nicht davonkommen lassen.

„Du hast mich schon wieder reingelegt", warf ich ihm an den Kopf.

„Wie bitte?"

„Warum hast du nicht gesagt, dass du gar nicht der Mieter der Wohnung bist?"

Anstatt sich umgehend zu entschuldigen, meinte Reza, das müsse ein Missverständnis sein. Nun war das Maß voll. Welch eine Unverschämtheit!

„Willst du damit sagen, dass ich kein Persisch verstehe?", fuhr ich ihn an.

„Entschuldigen Sie bitte Agha je Hamidzadeh", wandte sich nun Forugh an mich. *„Das war mein Fehler ..."*

124

Ich winkte ab, dafür war jetzt keine Zeit.

„Was ist los?", schaltete sich Maria ein. „Könnt Ihr bitte wenigstens Englisch reden?"

Ich warf einen Blick auf meine Armbanduhr.

„Hast du es eilig? Hast du noch einen Termin?" Die Schärfe in ihrer Stimme war zurück.

Allmähich wurde mir das alles zu viel.

„Nicht in diesem Ton", herrschte ich sie an. Die jungen Leute schauten betreten auf ihre noch vollen Teller.

Maria murmelte etwas, es klang wie eine Entschuldigung. Na also, dachte ich.

„Ich muss zum Flughafen. Hast du das vergessen?" Ich bemühte mich um einen sachlichen Ton.

„Du willst heute Abend allen Ernstes nach Südafrika fliegen?"

Nein, sie machte einfach weiter. Die Situation drohte mir zu entgleiten, und obendrein vor Publikum.

„Lass uns bitte in mein Arbeitszimmer gehen und in Ruhe sprechen", schlug ich Maria vor. Reza und Forugh bat ich auf Persisch weiter zu essen, meine Frau und ich kämen gleich wieder. Ich atmete tief durch und ging voran.

Maria schloss die Tür meines Arbeitszimmers hinter sich und lehnte sich mit verschränkten Armen dagegen, ich stand an der gegenüberliegenden Wand vor dem Bücherschrank, zwischen uns mehr als drei Meter Abstand. Ich wollte mich nicht im Streit mit ihr auf Geschäftsreise begeben. Aber eines musste ich doch noch loswerden.

„Ich habe wirklich einen harten Tag hinter mir und getan, was ich konnte, um alles unter einen Hut zu bekommen. Ich erwarte ein Mindestmaß an Respekt, ein Mindestmaß."

Sie senkte den Blick, das tat sie immer, wenn sie nicht mehr sicher war, ob sie recht hatte, es aber nicht zugeben wollte. „Dann erzähl mal", forderte sie mich auf.

Nachdem ich ihr von meinem Gespräch mit Wagner berichtet hatte, sagte sie etwas, mit dem ich nicht gerechnet hatte, jedenfalls nicht so schnell.

„Das ist sehr großzügig von dir."

„Reza muss mir selbstverständlich die Miete jeden Monat zahlen."

„Ja, klar", antwortete sie mit einem schiefen Lächeln.

„Wir werden sehen. Heute Abend können die drei jedenfalls zurück in ihre Wohnung."

„Musst du nicht los?"

Zwanzig Minuten später war ich geduscht und umgezogen. Reza packte meinen Koffer und deren Reisetasche in seinen Renault, ich nahm vorne neben ihm Platz und Forugh mit dem Baby hinten. Nachdem er erfahren hatte, dass mein Auto noch in der Tiefgarage der Firma stand und Marias Golf in der Werkstatt war, bestand er darauf, mich zum Flughafen zu fahren. Mir wäre es lieber gewesen, ein Taxi zu nehmen, das ging garantiert schneller und außerdem wollte ich mich auf Südafrika einstimmen, von Reza und seinen Angelegenheiten hatte ich für heute genug. Aber einem Perser eine Gefälligkeit abzuschlagen, war unmöglich, mir jedenfalls. Er beharrte so lange darauf, bis Maria dazwischen ging und sagte „Tu ihm doch einfach den Gefallen." Zum Abschied gab sie mir einen Kuss.

„Jetzt müssen wir uns aber wirklich beeilen", sagte ich mehr zu mir selbst. Reza beschleunigte umgehend, ich wurde in den Sitz gedrückt und von hinten protestierte Forugh. Unser Fahrer fegte durch die Straßen des Westends wie ein Bankräuber auf der Flucht, der alte Renault war außer Atem. *„Langsam!"*, schimpfte ich. Es war zwecklos. Auf dem Alleenring machte ich ihn auf die Radarkontrolle aufmerksam, was ihn immerhin veranlasste, einen Gang zurückzuschalten, aber nur für zwei Minuten, dann beschleunigte er von Neuem und schoss auf die Bockenheimer Landstraße zu. Die Ampel sprang von Grün auf Gelb, Rezas Fuß blieb auf dem Gaspedal und wir flogen bei Rot über die Kreuzung hinweg.

„Bist du wahnsinnig?", brüllte ich.

„Verzeihen Sie. Sie wollen doch den Flug nicht verpassen."

Es war tatsächlich schon 20.30 Uhr.

Auf der Höhe des Messegeländes überholte uns ein Polizeiwagen knapp und bremste uns aus, mit einer rot-weißen Kelle wurde uns bedeutet anzuhalten.

Eine junge Polizistin trat an unser Auto heran und verlangte Rezas Führerschein zu sehen. Wie betäubt übersetzte ich für ihn, ahnte, dass dies kein gutes Ende nehmen würde. Auch Reza schien nervös zu werden, er öffnete das Handschuhfach, wühlte darin, klappte es wieder zu, tastete hinter die Sonnenblende und griff schließlich in die Innentasche seiner Jacke.

„Halt! Hände auf das Lenkrad."

Ich wiederholte das Gesagte auf Persisch. Reza gehorchte, blickte verzweifelt zu seiner Frau nach hinten.

„Aussteigen."

Das verstand er auch ohne Übersetzung, versuchte hektisch den Sicherheitsgurt zu lösen, griff daneben, zerrte daran. Ich half ihm, es machte Klack und er war frei.

„Sie auch", befahl eine männliche Stimme. Ein älterer Polizist war hinzugetreten, die Hand an seiner Pistole. Forugh und ich stiegen aus. Das Baby begann herzzerreißend zu weinen, und mir wurde klar, dass ich meinen Flug nach Südafrika vergessen konnte. Hätte ich bloß ein Taxi genommen.

Der Polizist tastete Reza ab. Inzwischen hatte er gemerkt, dass der kein Deutsch verstand.

„Passport please. Everybody."

Ich fischte mein Portemonnaie aus der Gesäßtasche meiner Jeans und pickte meinen Personalausweis heraus. Der Beamte verfolgte jede meiner Bewegungen. Reza und Forugh bemühten sich sichtlich, von vornherein keinen falschen Verdacht aufkommen zu lassen, indem sie wie in Zeitlupe ihre Reisepässe zutage förderten. Der Polizist trat nun zur Seite und sah sich unsere Dokumente genau an, während uns seine Kollegin keine Sekunde aus den Augen ließ. Seite für Seite blätterte der Beamte die Pässe durch, dann schritt er zu seinem Einsatzwagen und telefonierte, offenbar ließ er unsere Daten überprüfen. Das Ganze zog sich hin, und ich überlegte, ob und wie ich der Polizistin klar machen könnte, dass wir völlig harmlose Zeitgenossen waren. Nein, das würde nichts ändern, korrigierte ich mich, wir mussten die Überprüfung abwarten, vorher könnten wir ohnehin nicht weiterfahren. Die Pässe der beiden waren die eine Sache, die andere war Rezas Fahrerlaubnis. Ich verfluchte meine Naivität. Durften Ausländer ohne deutschen Führerschein Auto fahren? Oder gar nicht? Einer wie ich müsste so etwas eigentlich wissen.

Der Beamte kam zurück und gab mir meinen Personalausweis und reichte Forugh ihren Pass.

„Und Sie kommen mit uns, *ähh, you have to come with us*", sagte er zu Reza.

„Moment mal, warum nehmen Sie ihn mit?", empörte ich mich.

„Sie können weiterfahren."

„Er ist mein Neffe, das sind seine Frau und sein Sohn. Wir haben ein Recht darauf zu erfahren, warum Sie ihn mitnehmen." Ich holte mein Handy hervor und hielt es hoch. „Ich rufe jetzt meinen Anwalt an."

Der Polizist sah mich an, als überlege er, mich gleich auch festzunehmen.

„Wenn Sie sein Onkel sind, sollten Sie wissen, dass er sich illegal hier aufhält."

„Ja, aber …", stotterte ich, dann begriff ich. Rezas Visum war abgelaufen, er hatte mir nichts davon gesagt, und ich war zu blöd gewesen, um mir darüber Gedanken zu machen.

„Wo bringen Sie ihn denn hin?"

„Polizeipräsidium."

Ich übersetzte für Reza, was ich gerade erfahren hatte. Jegliche Farbe war aus seinem Gesicht gewichen, er sah mich wie ein verängstigtes Kind mit weit geöffneten Augen an.

„Was wird mit meiner Familie?", fragte er krächzend.

„Ich kümmere mich schon."

„Los jetzt." Der Beamte griff Reza am Arm und führte ihn zu dem Einsatzwagen.

„Ich besorge dir einen Anwalt", rief ich ihm hinterher.

Der Uniformierte verfrachtete Reza wie einen Verbrecher auf den Rücksitz, Autotüren wurden geöffnet und zugeschlagen, die Polizei fuhr ab.

Ein kalter Wind wehte durch die Friedrich-Ebert-Anlage, der Autoverkehr hatte nachgelassen, niemand war zu Fuß unterwegs. Forugh liefen die Tränen über das Gesicht, und Nimas Weinen war in Jammern übergegangen.

„*Machen Sie sich keine Sorgen, alles wird gut*", versuchte ich sie zu trösten.

„*Was machen wir denn jetzt?*"

„*Wir fahren zu uns nach Hause*", antwortete ich. „*Sie bleiben bei meiner Frau und mir.*"

Ich zwängte mich hinter das Steuer des Renault, Forugh mit dem Baby nahm wieder hinten Platz. Kaum waren wir losgefahren, wurde es still im Auto, Nima war eingeschlafen. Ich fühlte mich wie betäubt, unfähig, einen klaren Gedanken zu fassen. Noch einmal lief der Film vor meinem inneren Auge ab, der strenge Ton der Polizisten, Rezas hilfesuchender Blick, das Entsetzen in Forughs Augen, das Schreien des Babys, mein Verwandter, der abgeführt wurde wie ein Verbrecher. Von hinten vernahm ich ein leises Schluchzen. Das arme Mädchen. An der Kreuzung Bockenheimer Landstraße sprang die Ampel auf Rot. Wo war das Polizeiauto vorhin so plötzlich hergekommen? Warum passierte das ausgerechnet heute Abend? Ich schaute auf meine Armbanduhr, einundzwanzig Uhr. In einer Stunde ging mein Flug, ohne mich.

14

In der Nacht hatte es geschneit. Ich befreite Rezas Renault vom Schnee, dann machte mich auf den Weg. Ich musste mich nicht hetzen, es war ausreichend Zeit für die Fahrt zum Flughafen, die Gepäckaufgabe und die Sicherheitsüberprüfungen. Auf dem Alleenring floss der Verkehr ruhig dahin, anders als sonst hatte der viele Schnee keinen Stau verursacht. Jede Ampel, auf die ich zufuhr, schaltete auf Grün, ganz so als sollte ich für Rezas Chaos-Fahrt am Vorabend entschädigt werden. Wenn es so weiterging, könnte ich am Abfluggate noch einen Kaffee trinken, dachte ich vergnügt. Tatsächlich erreichte ich den Flughafen weit vor der kalkulierten Zeit.

An der Passkontrolle saß zu meiner Überraschung der gleiche Polizist, der am Vorabend Reza abgeführt hatte. Ich verzichtete darauf, ihn an das unangenehme Erlebnis zu erinnern, und er schien mich auch gar nicht wiederzuerkennen. Doch anstatt wie üblich einen kurzen Blick auf meinen Pass zu werfen und mich durchzuwinken, blätterte dieser Beamte darin, als suche er etwas. Hinter mir bildete sich eine lange Warteschlange, die Leute starrten mich missbilligend an, offenbar gaben sie mir die Schuld an der Verzögerung.

„Ihr Pass ist abgelaufen", sagte der Polizist schließlich und musterte mich kalt.

Das konnte nicht sein, mein Pass war erst letztes Jahr ausgestellt worden, also noch neun Jahre gültig. Genau das teilte ich ihm mit. Was ich sagte, schien ihn nicht zu interessieren. Er nahm sich wieder meinen Pass vor und blätterte ihn von Neuem durch. So etwas hatte ich seit meiner Einbürgerung noch nie erlebt.

„Sie haben keine Aufenthaltserlaubnis."

„Ich besitze die deutsche Staatsangehörigkeit", protestierte ich.

Mit einem Mal verspürte ich den unaufschiebbaren Drang, auf die Toilette zu gehen. Der Polizist hielt immer noch mein Reisedokument in der Hand.

„Stellen Sie sich hier an die Seite. Warten Sie da", befahl er mir und rief den nächsten Reisenden nach vorne.

„Hören Sie, ich verpasse meinen Flug."

„Warten Sie da. Sie werden gleich abgeholt."

Der Mann hinter mir schob mich unsanft zur Seite. Meine Blase drückte, es tat schon weh, oh Gott!

Ich musste zur Toilette, jetzt. Ich lief los.

„Halt! Hände auf das Lenkrad."

Ich spürte unter mir eine Erschütterung, hörte ein lautes Husten, öffnete meine Augen und erkannte die Konturen unseres Schlafzimmers wieder. Noch einmal hustete Maria, dann drehte sie sich auf die Seite und atmete wieder ruhig. Ich wälzte mich aus dem Bett und ging vorsichtig zur Toilette, es war allerhöchste Zeit.

Zurück im Bett rollte ich mich in meine Bettdecke und versuchte wieder einzuschlafen. Doch nun kamen Erinnerungsfetzen angeflogen und setzten sich auf mich - Rezas Festnahme, der verpatzte Südafrikaflug, die Sorge um Vater, ganz so als hätte all der Kummer nur auf eine Lücke in meinem Schlaf gewartet, um über mich herzufallen. Der Wecker auf meinem Nachttisch zeigte drei Uhr an. Ich gab auf. Mit einer Tasse Beruhigungstee setzte ich mich in meinem Arbeitszimmer in den Lesesessel, eine Wolldecke um die Schulter gelegt, die Füße auf den Tisch. Uwe hatte die Nachricht von meinem verpassten Flug nicht gut aufgenommen. Erst hatte er Mühe zu verstehen, warum ich nicht kommen würde, dann wurde er panisch und verfiel in eine Litanei, sein Job stünde auf dem Spiel, er brauche Klarheit.

„Hör zu", bremste ich ihn, „es geht um mehr als

deinen Einsatz in Johannesburg, es geht um die Firma. Verlieren wir den Auftrag, kriegen wir in Südafrika keinen Fuß mehr auf den Boden. Und dann wird es eng für uns alle. Niemand weiß das besser als ich, verstanden?"

„Und was hast du jetzt vor?"

Soeben waren meine sämtlichen Termine von Reza zerschossen worden, und Uwe wollte schon einen perfekten Alternativplan von mir. Vor allem aber ärgerte mich seine Ignoranz. Ich hatte ihm erklärt, ein familiärer Notfall sei eingetreten, ich hätte den Flug nicht antreten können.

„Heißt das, du kommst gar nicht?"

„Es tut mir leid, ich kann hier nicht weg."

„Und was ist mit deinen Terminen? Ich habe mich dafür krummgelegt. Das war nicht leicht, verdammt noch mal."

„Ich weiß, ich weiß. Es ist, wie es ist. Glaub mir, ich würde jetzt auch lieber im Flieger sitzen."

Und dann fing er wieder an zu jammern, er hänge in der Luft, sein Vertrag würde nicht verlängert. Er ging mir nur noch auf die Nerven.

„Ich melde mich morgen", sagte ich abschließend und beendete das Telefonat.

Uwe hatte nicht gefragt, in welche familiäre Notlage ich geraten war. Es könnte alles sein, ein Unfall, eine schwere Erkrankung meiner Frau, meines Vaters, was weiß ich, Uwe schien es nicht zu interessieren.

„Warum hast du ihm nicht von Reza erzählt?", fragte Maria als ich mich bei ihr beklagte.

Wir saßen bis Mitternacht zusammen im Wohnzimmer. Forugh war gleich, nachdem wir wieder zu Hause waren, mit dem Baby ins Gästezimmer verschwunden, Das war schade, ich hätte sie gerne über Reza ausgefragt. Andererseits brauchte ich dringend etwas Zeit mit Maria allein.

„Dass mein Verwandter sich illegal in Deutschland aufhält, ohne Fahrerlaubnis Auto fährt und dann noch wie von Sinnen bei Rot über eine Kreuzung rast?", fragte ich zurück.

„Ja klar. So war es doch."

Ich winkte ab. So klug sie auch war, manches verstand sie einfach nicht.

„Uwe ist doch kein normaler Mitarbeiter, Ihr kennt euch ewig. Ihm kannst du es doch sagen."

Und in kürzester Zeit würde es sich in der Branche herumsprechen, dass sich mein Verwandter illegal in Deutschland aufhielt. Darauf konnte ich weiß Gott verzichten.

„Wie soll Uwe Verständnis für deine Lage entwickeln, wenn du nichts rauslässt?" Sie hörte einfach nicht auf.

„Du als Geschäftsfrau müsstest das doch verstehen. Nicht alle müssen alles wissen."

„Aber etwas schon, sonst wissen sie nicht, wen sie vor sich haben."

„Bitte, Maria!"

„Außerdem hast du keinen Grund, dich für Reza zu schämen. Mein Gott, solche Dinge passieren eben. Na und?"

Anstatt mir den Rücken zu stärken, betrieb meine Frau Sprachakrobatik. Ich brauchte Lösungen, so bald wie möglich. Solange sich Reza wie ein Ertrinkender an mich klammerte, konnte ich mich um nichts anderes kümmern.

„Morgen rufe ich Martin an."

„Versteht der etwas von Ausländerrecht?"

„Er ist mein Anwalt."

„Warum nimmst du nicht einen vom Fach?"

„Martin hat Kontakte überall hin. Sein Vater hat meine Einbürgerung durchgesetzt, schon vergessen?"

Maria senkte den Blick.

Ich nahm einen Schluck von meinem Beruhigungstee. Aus dem Gästezimmer drang Nimas Weinen, mir wurde es allmählich kalt, ich breitete die Wolldecke ganz aus und wickelte mich ein. Es waren noch vier Stunden, bis ein neuer Tag anbrach.

15

Frau Schubert zuckte zusammen, als ich gegen 9 Uhr mein Vorzimmer betrat. Sofort war ihre Neugier geweckt. Ob der Flug ausgefallen sei, fragte sie aufgeregt. Mir war nicht nach langen Erklärungen zumute, aber es führte wohl kein Weg daran vorbei, sie einzuweihen, wenigstens teilweise. Ich bat sie zu mir ins Büro zu kommen und gleich Kaffee mitzubringen, denn ohne den würde es nicht gehen.

Letzten Endes hatte ich nur drei Stunden geschlafen, bevor mich das Klingeln des Weckers in den nächsten Tag katapultierte. Der vorherige hatte mir alles, was ich sorgsam vorbereitet hatte, vor die Füße gekotzt. Jetzt musste ich alles aufwischen und von vorne beginnen. Beim Frühstück machte ich mir eine

Liste: Martin, Bruce, Warnke. Einen Namen vergaß ich, wie ich gleich daraufhin erkannte. Forugh schlich mit trauriger Miene, das Baby auf dem Arm, ein schüchternes „Guten Morgen" murmelnd an Maria und mir vorbei und huschte in die Küche.

„Setzen Sie sich bitte zu uns", bat Maria sie, als sie wieder herauskam.

Forugh setzte sich auf die Stuhlkante, den Blick auf die Teekanne gerichtet. Nima hingegen scheute sich nicht, seine neuen Mitbewohner genauer in Augenschein zu nehmen. Was er sah, schien seine Zustimmung zu finden. „Ba, ba, ba", kommentierte er. Maria stellte derweil ein Gedeck für Forugh hin und goss ihr den dampfend heißen Tee ein.

„Tut mir leid, ich … viele Arbeit mache für Sie. Vielen Dank für Gastfreundschaft", sagte sie zu Maria. Dann wandte sie sich auf Persisch an mich und entschuldigte sich nun nochmals für die Umstände, die sie uns bereitet hätten und bedankte sich für meine großzügige Unterstützung. Da Reza nicht mehr da sei, wolle sie nun zu ihrer Tante. Die sei verreist gewesen, nun aber vorzeitig zurückgekehrt.

Da war wieder diese Tante, es war Zeit, dass endlich Licht in die Sache kam. Das Einzige, was ich von Forughs Verwandter wusste, war, dass sie den jungen Leuten eine Wohnung besorgt hatte, die ein anderer gemietet hatte und dann verschwunden war. Keine überzeugende Referenz, dachte ich.

„Aber nein. Bleiben Sie doch bitte bei uns, bis Reza wieder frei ist", antwortete ich auf Deutsch. „Schauen Sie, ich kümmere mich um Rezas Freilassung, werde in ständigem Kontakt mit dem Rechtsanwalt sein und kann Sie auf dem Laufenden halten. Und außerdem ist hier viel Platz, wie Sie sehen."

„Entschuldigung?"

„Wie bitte?"

„Ich nicht verstehe."

„Sprich ruhig Persisch mit ihr", forderte mich Maria auf.

Also wiederholte ich alles in unserer Muttersprache. Nach einigem Hin und Her willigte sie schließlich unter der Bedingung ein, dafür im Haushalt zu helfen. Ich lehnte ab. Sie sei unser Gast, stellte ich klar. Allerdings hätte ich eine andere Bitte, sie solle mir helfen zu verstehen, was mit Reza los sei. Das wiederum schien ihr nicht zu behagen. Auf ihrer Stirn bildeten sich Wölkchen, sie verschränkte die Arme und starrte auf ihren Tee, von dem sie noch keinen Schluck getrunken hatte.

„Ich kann Reza nur helfen, wenn ich weiß, wie er in diese missliche Lage geraten ist."

„Aber das kann er selbst viel besser erklären als ich", entgegnete sie.

„Gut, dann sprechen wir über Sie. Sie haben gemeinsam mit ihm ein Kind. Wenn ich richtig gerechnet habe, war Reza schon hier in Frankfurt, als der Kleine geboren wurde."

„Ja."

„Wie lange sind Sie denn schon in Deutschland?"

„Seit Januar."

Wieder rechnete ich. Sie war also im dritten Monat schwanger gewesen, als sie nach Deutschland kam.

„Ihre Eltern wissen nichts von dem Kind?"

Maria legte ihre Hand auf meinen Arm und drückte ihn sanft.

„Was hast du gesagt?" flüsterte sie.

„Warum?"

Erst da bemerkte ich, wie sich Forughs braune Augen mit Tränen füllten.

„Aber, so war es doch nicht gemeint", versuchte ich sie zu beruhigen, was jedoch alles nur schlimmer machte. Das Wasser trat über die Ufer und lief ihr über die Wangen, sie gab ein leises Schluchzen von sich. Ihre Erschütterung übertrug sich auf Nima, der die Augen zusammenkniff, den zahnlosen Mund aufriss und mit einem Mal das ganze Elend der jungen Familie herausschrie. Und dann geschah alles gleichzeitig, Maria sprang auf, wohl um unseren Gast zu trösten, ihr Stuhl knallte auf den Parkettboden, Nima erschrak sich und steigerte seine Lautstärke um viele Dezibel, mir fielen fast die Ohren ab und Forugh drückte ihr weinendes Kind an sich und verschwand in Richtung Gästezimmer.

„Abbe, was hast du schon wieder angerichtet?"

Marias Ton gefiel mir nicht. Ich ließ sie stehen.

In meinem Arbeitszimmer erledigte ich einige Anrufe, dann machte ich mich fertig, um ins Büro zu fahren. Ich hatte schon meinen Mantel an, da erschien Forugh in ihrem roten Dufflecoat, das mit warmem Jäckchen, Wollmütze und Schal dick eingepackte Baby auf dem Arm, ihre Reisetasche auf der Schulter und Traurigkeit im Gesicht.

„Wo wollen Sie denn hin?", fragte ich.

„Erlauben Sie mir, Ihre Mühe zu verringern. Meine Tante bittet mich, bei ihr zu wohnen, bis Reza wieder freikommt."

„Wie Sie möchten", seufzte ich. *„Kommen Sie, ich fahre Sie hin."*

Vielleicht war es tatsächlich besser, wenn sie bei ihrer Tante unterkam. Alles Weitere müsste ich wohl aus Reza herausbekommen. So viel schwieriger als bei Forugh konnte es nicht sein.

Frau Schubert kam mit zwei Tassen Kaffee in den Händen und einem Schreibblock unter dem Arm zu mir ins Büro und setzte sich an den ovalen Besprechungstisch, mit großen Augen, gespannt auf das, was sie nun aus meinem Mund hören würde. Ich konnte nicht anders als diese Frau, die so wissbegierig und tatkräftig war, zu mögen, auch wenn sie mir hin und wieder genau damit auf die Nerven ging.

Ich begann mit Reza und erzählte ihr unumwunden, was geschehen war. Das musste sein, denn sie sollte dafür sorgen, dass ich meinen Verwandten möglichst schnell im Polizeigewahrsam besuchen konnte. Von zu Hause aus hatte ich bereits Martin angerufen.

„Und wenn sich Martin Brettschneider meldet, bitte sofort durchstellen, egal was gerade ist. Er hat den Fall übernommen."

„Versteht der denn etwas von Ausländerrecht?"

Ich ignorierte die Frage.

„Als Nächstes müssen wir dem iranischen Restaurant, für das mein Verwandter arbeitete, Bescheid sagen, dass ihr Auto bei mir vor der Haustür steht. Das Restaurant heißt Pari, die Adresse müssten Sie googeln."

Ich griff in meine Hosentasche und übergab ihr den Autoschlüssel.

„Und Südafrika?", fragte Frau Schubert.

„Ich werde alles von hier aus regeln", sagte ich so bestimmt, dass ich fast selbst daran glaubte.

Frau Schubert sah mich zweifelnd an.

„Ich muss so schnell wie möglich mit Bruce Willemson sprechen."

„Und Uwe Müller?"

„Mit dem habe ich schon gestern Abend gesprochen", antwortete ich und erhob mich, das Briefing war beendet. Frau Schubert nahm im Stehen noch einen letzten Schluck Kaffee, ganz so, als würde sie es ohne die paar Tropfen nicht bis ins Vorzimmer schaffen, als bekäme sie den ganzen Tag keinen Kaffee mehr. Schließlich begab sie sich erhobenen Hauptes zurück an ihren Arbeitsplatz, die Tasse ließ sie auf dem Besprechungstisch zurück, ein deutliches Zeichen des Protests. Nein, ich konnte ihr auf Dauer nicht böse sein.

Wenig später verband sie mich mit Bruce Willemson.

„Hi Abbe, welcome to South Africa", begrüßte er mich vergnügt und lachte.

Ich hatte Bruce bei meiner ersten Geschäftsreise nach Südafrika kennengelernt, das war 1999 gewesen. Ich bemühte mich gemeinsam mit einem Mitarbeiter um ein von der Europäischen Kommission gefördertes Slumsanierungsprogramm in Khayelitsha, einem Township von Kapstadt. Wir sprachen mit Verantwortlichen in der Stadtverwaltung und sammelten Informationen für einen Projektvorschlag. Die Abschaffung der Apartheid war damals gerade einmal fünf Jahre her, es war eine Zeit des Umbruchs. Bei den Besprechungen saßen uns schwarze Amtsträger gegenüber, neben ihnen ihre Berater, und das waren weiße Südafrikaner. Sie waren es auch, die uns die Eckdaten des geplanten Projekts erläuterten, wobei sie sich merklich bemühten, ihre Vorgesetzten nicht in den Schatten zu stellen. Ihre Sätze begannen mit Worten wie *„wie unser Direktor kürzlich so treffend sagte .."* oder mit einem Blick zum Chef *„erlauben Sie mir, auf diese Frage einzugehen . . . ."* Die Direktoren wahrten ihre Würde, indem sie zu den Ausführungen ihrer Berater wohlwollend nickten und politische Statements abgaben, die allerdings zumeist allgemeiner Natur waren. Der Leiter des Dezernats *Human Settlements* war anders. Er war der einzige Dezernatsleiter, der uns allein empfing. Er benötigte keine fachliche Unterstützung. Wie ich schnell feststellte, kannte er sich nicht nur in seinem Verantwortungsbereich bestens aus, sondern auch in vertragstechnischen Fragen. Das war Bruce Willemson, er war mir sofort sympathisch. Wie ich später erfuhr, war er in Khayetlitsha aufgewachsen, hatte sich als Jugendlicher dem Kampf gegen die Apartheid angeschlossen und war im African National Congress rasch aufgestiegen.

Seit unserer ersten Begegnung blieben wir im Kontakt. Als er wenige Jahre später aus dem Staatsdienst ausschied und sein eigenes Beratungsunternehmen gründete, fragte er mich, ob wir nicht kooperieren wollten. Er verfüge über allerbeste politische Kontakte, sagte er beiläufig. Daran hatte ich nicht den geringsten Zweifel.

„I am still in Germany", erwiderte ich und erläuterte ihm, eine dringende Familienangelegenheit hindere mich am Reisen.

Er hoffe, es sei nichts Besorgniserregendes, tastete sich Bruce vor, räusperte sich, als ich nichts erwiderte und sagte nur *„I am sorry"*.

Ich kam gleich zum Punkt. Da meine Reise nun vorerst ausgefallen sei, müsste ich auf anderem Wege etwas unternehmen, um den Auftrag zu retten.

„Den Auftrag", wiederholte Bruce und signalisierte

mir damit, dass er mich verstanden hatte. Wir sprachen über das Geschäft, nicht über Personen.

„*Genau. Kannst du dich bitte umhören, was hinter der Entscheidung des neuen Leiters der Kommission steckt? Was will er? Will er um jeden Preis Warnke zurückhaben? Oder geht es ihm nur darum, den derzeitigen Berater loszuwerden?*

„*Verstehe.*"

Bruce verstand immer sofort, was ich sagte. Und so musste es auch nicht ausgesprochen werden, dass kein Wort davon zu Uwe dringen durfte.

Ich machte hinter Bruce einen Haken.

Es sollte den ganzen Tag dauern, bis ich etwas von Reza hörte. Ich saß im Lichtkegel meiner Schreibtischlampe über den Vertrag gebeugt, den ich zwei Jahre zuvor mit der südafrikanischen Energiekommission abgeschlossen hatte, und las nun schon zum zweiten Mal die Kündigungsklausel. Vielleicht ging es dem neuen Mann an der Spitze weder um Uwe, noch um Warnke, sondern um etwas anderes. Vielleicht wollte er uns nur loswerden, um einer anderen Firma den Auftrag zu erteilen, einer, die ihm etwas versprochen hatte. Vielleicht, vielleicht …. Die Tür zu meinem Vorzimmer war offen, Frau Schubert längst nach Hause gegangen, ebenso wie die meisten Mitarbeiter. Aus dem Flur drang das Staubsaugergeräusch der Reinigungskräfte zu mir, und ich beschloss, es für heute gut sein zu lassen. Ich sollte mich irren, das Telefon klingelte und mein Tag ging in die Verlängerung.

„Hallo Abbe, Martin hier", begrüßte mich mein Anwalt, und seine Stimme klang beneidenswert frisch. „Du kannst deinen Neffen im Polizeipräsidium abholen."

„Da fällt mir ein Stein vom Herzen. Vielen Dank, Martin."

„Es war nicht leicht."

„Das glaube ich. Er ist übrigens mein Großcousin."

„Ich habe den Behörden gesagt, er sei dein Neffe. Großcousin versteht kein Mensch."

„Ist schon okay."

„Das war die gute Nachricht." Martin legte eine Pause ein, ich wartete. „Die schlechte ist, dass er Deutschland verlassen muss, eigentlich umgehend. Aber ich habe wenigstens erreicht, dass er 14 Tage Zeit hat, seine Angelegenheiten zu regeln, also alles, was seine Familie betrifft. Sollte er bis dahin nicht freiwillig ausreisen, wird er abgeschoben, das wäre nicht angenehm."

Mein erster Gedanke war: gut, dass er nicht bestraft wird. Immerhin hatte er gegen das Aufenthaltsrecht verstoßen und ein Verkehrsdelikt begangen. Mein zweiter war: Er wird rausgeschmissen wie ein Paria, es fehlte nur noch der Tritt in den Allerwertesten. Reza war eine Nervensäge, aber das hatte er nicht verdient.

„Du musst das verhindern."

„Schwierig."

Das Wort „schwierig" war das letzte, was ich von meinem Anwalt hören wollte. Anfangs dachte ich, Martin wäre aus dem gleichen Holz geschnitzt wie sein Vater. Dem wäre das Unwort nicht über die Lippen gekommen. Zwanzig Jahre lang hatte mich Anton Brettschneider durch Höhen und Tiefen meines Consultinggeschäfts begleitet, stets im Kampfmodus und immer zuversichtlich. Vor fünfzehn Jahren stieg Martin in die Kanzlei ein, und vor fünf Jahren übernahm er den Laden von seinem Vater. Der alte Brettschneider war ein Haudegen gewesen, der sich in die Schlacht warf und intuitiv erspürte, wie sich das Blatt zu seinen Gunsten wenden ließ. Martin hingegen fühlte sich erst sicher, wenn er alle Facetten eines Rechtsstreits beleuchtet hatte. Und solange er keinen Überblick hatte, hielt er sich bedeckt. Aber er würde alles rechtlich Mögliche tun, davon war ich überzeugt. Aber reichte das? Ein Spruch aus meiner Jugend fiel mir ein. Seien wir realistisch, versuchen wir das Unmögliche. Angeblich stammte er von Che Guevara. Martin würde den Satz nicht verstehen, da war ich sicher, er war nicht der Typ.

Ich bedankte mich bei ihm und schrieb Reza eine Kurznachricht, er solle vor dem Haupteingang des Polizeipräsidiums auf mich warten.

An dem Gebäude in der Adickesallee war ich

schon viele tausendmal vorbeigefahren, betreten hatte ich es noch nie, warum auch? Außerdem hatte ich mich gerade erst an den Anblick dieses schiefergrauen Gebäudekomplexes entlang der vierspurigen Allee gewöhnt. Noch bis in die 1990er Jahre hatte dort das PX Shopping-Center der US-Armee gestanden, es hatte auf meinem täglichen Schulweg gelegen. Das PX war Teil einer fremden Welt inmitten unserer, ein Stück Amerika mit allem, was wir uns drunter vorstellten, von den Chevrolets, Buicks und Cadillacs mit eigenen US-Nummernschildern, den von GIs und ihren Familien bewohnten Wohnblocks im Norden Frankfurts, bis hin zu den Jeeps der Militärpolizei, die durch die Stadt kurvten. Die Amerikaner seien da, um uns gegen die Nazis zu beschützen, hatte mir Vater erklärt. Nein, gegen die Kommunisten, behauptete meine Lehrerin damals. Ich wischte meine Erinnerungen weg, fuhr von hinten an das Polizeipräsidium heran und parkte in der Bertramstraße.

Reza stand weder vor dem Haupteingang noch wartete er im Foyer auf mich. Dort war niemand zu sehen, außer einem Uniformierten hinter einer dicken Glasscheibe, dem musste ich mein Anliegen zweimal erklären und anschließend Rezas kompletten Namen buchstabieren, bis er sich dazu durchrang, den Telefonhörer in die Hand zu nehmen und sich zu erkundigen. Aber auch das brauchte seine Zeit, offenbar wurde er zu mehreren Stellen durchgestellt.

Das Foyer hätte zu jeder anderen Behörde gepasst, es war nicht so furchteinflößend, wie ich mir ein Polizeipräsidium vorgestellt hatte. In einer Ecke stand sogar ein beleuchteter Weihnachtbaum. Trotzdem war ich froh, hier nichts weiter zu tun zu haben als Reza in Empfang zu nehmen. Leider erwies sich das als unmöglich, denn nachdem der Polizist endlich den Telefonhörer aufgelegt hatte, erfuhr ich, dass mein Verwandter schon vor einer halben Stunde entlassen worden war und sich nicht mehr im Gebäude aufhielt.

Auf dem Weg zum Auto fing es an zu schneien, hinzu kam ein scharfer Wind. Im Licht der Straßenlampen flogen mir die weißen Flocken entgegen, im Hintergrund ragte das beleuchtete Sendehaus des Hessischen Rundfunks aus dem Grau-Weiß der Umgebung heraus. Ein Mann kam mir torkelnd entgegen, den Mantel offen, die Krawatte verrutscht, wahrscheinlich ein Angestellter auf dem Heimweg von einer Weihnachtsfeier. Als wir uns auf eine Armlänge genähert hatten, fixierte er mich, schüttelte belustigt den Kopf und lallte: „Oh, oh oh, da guckt aber einer grimmig.“

„Ach, na ja“, sagte ich mir nun in dem aufkommenden Schneegestöber. Der Betrunkene hatte recht, ich nahm alles viel zu ernst. Reza wäre nicht Reza, wenn er geduldig auf mich gewartet hätte.

16

Die Klänge von Trompeten, Pauken, Streichern steigerten sich, bis der Chor einfiel und anhob zu „Jauchzet, frohlocket". Im Schein der vier Kerzen des Adventskranzes saß Maria auf dem Sofa und sang mit geschlossenen Augen mit. Hier war Reza also auch nicht, stellte ich fest, wäre auch zu schön gewesen. Bereits beim Betreten des Hauses war mir aufgefallen, dass weder seine Schuhe im Eingangsbereich standen noch seine Jacke oder ein roter Dufflecoat an der Garderobe hingen. Ich klopfte vergeblich an die Wohnzimmertür, das Weihnachtsoratorium übertönte alles. Erst als ich mich neben Maria setzte, bemerkte sie mich, senkte die Lautstärke und wirkte etwas verlegen. Ich nahm ihre Hand und erzählte ihr die Neuigkeiten.

„Und wo könnte er sein?", fragte sie schließlich.

Ich griff nach meinem Mobiltelefon und rief Reza an. Die Mailbox sprang an, ich beendete den Anruf und schrieb ihm eine Kurznachricht: *„Please call me. Immediately!"*

Er wird bei Forugh sein, und die ist ganz sicher bei ihrer Tante, überlegte ich laut. Eine Telefonnummer von Forugh hatte ich nicht, aber immerhin wusste ich, wo die Tante wohnte. Es war gut, dass ich die junge Frau am Morgen zu ihr gebracht hatte.

„Ich komme mit, ich lasse dich bei diesem Wetter nicht allein durch die Gegend fahren", sagte Maria.

Mittlerweile waren die Bürgersteige und die kleinen Straßen dicht mit Schnee bedeckt, auf dem Alleenring fuhr ein Räumfahrzeug vor uns her und streute Salz auf die Fahrbahn. Der Wind hatte nachgelassen, die Schneeflocken waren nun dicker und fielen langsam, aber unablässig vom Himmel. In der Leipziger Straße waren alle Parkplätze belegt. Wir fuhren an dem Lebensmittelgeschäft, über dem die Tante wohnte, vorbei, bogen rechts in die Konrad-Broßwitz-Straße, denn wieder rechts. In der Juliusstraße schließlich entdeckte ich eine ausreichend große Lücke zwischen einem Lieferwagen und einem Volvo. Eingehakt, mit hochgeschlagenen Mantelkragen liefen Maria und ich los. Der Schnee knirschte unter unseren Füßen, es war das einzige vernehmbare Geräusch, wir liefen durch eine Geisterstadt. An der

Leipziger Straße 63 lag der Hauseingang im Dunkeln, die Namen auf dem Klingelschild waren kaum zu erkennen. Ich leuchtete mit meinem Mobiltelefon, nur ein einziger Name kam in Frage: „Kashani", das klang Persisch.

Eine Frau mit rundem Gesicht und schwarzen Haaren stand auf dem Treppenabsatz und begrüßte uns, als habe sie uns erwartet.

„Guten Abend, Herr Hamidzadeh, Frau Hamidzadeh, schön, dass wir uns endlich kennenlernen. Mein Name ist Parvaneh Kashani, ich bin Forughs Tante."

Ihr Deutsch hatte eine leichte persische Einfärbung. Sie hatte ein freundliches Lächeln, trug eine Jeans und einen Norweger-Pullover. Wie alt mochte sie sein? Vielleicht Mitte Vierzig?

Forugh trat neben sie, blass und ernst, man sah ihr die Strapazen der letzten 24 Stunden an. Auch sie schien sich nicht zu wundern, uns zu sehen.

In der Wohnung duftete es nach persischem Reis und *Ghormehsabsi*, keine Ahnung, wann ich das zum letzten Mal gegessen hatte, es war ewig her. Im Wohnzimmer lag ein großer Perserteppich, an den Wänden Miniaturmalereien, von der Decke hing ein Kristallleuchter, eine mit filigranen Blumenmustern bedruckte Tischdecke wie sie in Isfahan hergestellt wurden, lag auf dem großen Tisch. Im Hintergrund lief rhythmische Santurmusik, die mich an etwas erinnerte.

„Die Musik. Was ist das?", fragte ich unwillkürlich.

„Gefällt sie Ihnen?", fragte Frau Kashani.

„Sehr, sie kommt mir bekannt vor."

„Es ist die Musik zu dem Film Santoori. Deshalb kommt es Ihnen bekannt vor."

„Nein, nein, ich schaue mir keine iranischen Filme an."

Sie stellte die Musik etwas lauter und wiegte sich leicht zum Rhythmus.

„Der Film ist von 2007."

„Entschuldigen Sie", schaltet sich nun Maria ein, sie klang verärgert. „Wir wollen Sie nicht lange aufhalten. Wir wollten nur wissen, ob Reza hier ist."

„Oh, ja natürlich", meinte Frau Kashani und machte die Musik leiser. „Bitte nehmen Sie doch Platz."

„Er war kurz hier, dann musste er nochmal los", sagte Forugh atemlos auf Persisch und sah dabei ihre Tante an.

„Ja, genau", sprang ihr diese bei.

„Wollte er zu uns?", fragte ich nun auch auf Persisch.

„Das wissen wir nicht." Frau Kashani rieb sich die Hände. War ihr kalt? *„Bitte nehmen Sie doch Platz. Das Abendessen ist fertig, Sie würden uns eine große Freude bereiten, mit uns zu essen. Reza wird sicherlich bald wieder da sein."*

Mir lief das Wasser im Mund zusammen. Es gab nichts, was ich in diesem Moment lieber gemacht hätte.

„Abbe!"

„Entschuldige", sagte ich zu Maria und übersetzte.

„Ich möchte nichts mehr essen", stellte sie klar, leider etwas zu laut.

Als habe sie es nicht gehört, wiederholte Frau Kashani ihre Einladung zum Essen nochmals auf Deutsch.

„Sehr gerne. Es duftet schon köstlich", versicherte ich ihr ebenfalls auf Deutsch.

Die Gastgeberin entschuldigte sich für einen Moment, ihre Nichte folgte ihr. Maria presste ihre Lippen aufeinander und würdigte mich keines Blickes. Forugh kehrte mit einem vollen Tablett zurück, servierte uns Tee und bot uns Kekse und Pistazien an.

„Ich dachte, es gibt Abendessen", murmelte meine Frau.

„Maria, bitte!", zischte ich.

Forugh verschwand wieder in die Küche, wohl um ihrer Tante zu helfen.

„Abbe, was machen wir hier?"

So gut hatte ich seit Jahren nicht gegessen. Frau Kashani schien sich über meinen Appetit zu freuen und schaufelte von neuem Safranreis und *Ghormesabsi* auf meinen Teller. Maria hatte mit Bedauern in der Stimme erklärt, sie habe schon zu Abend gegessen und dabei ihre Hand auf den Bauch gelegt, was Forughs Tante ein verständnisvolles Lächeln entlockte. Sie saß mir gegenüber, wenn sie lächelte, verengten sich ihre Augen zu Schlitzen.

„Wo kann denn Reza bei diesem Wetter und um diese Uhrzeit jetzt sein?", fragte Maria, und ich merkte, dass ich meinen Großcousin tatsächlich für einen Moment vergessen hatte.

Frau Kashani blickte zu ihrer Nichte, als sei diese für die Beantwortung der Frage zuständig.

„Bei Freunden", sagte Forugh, als sei es das Normalste der Welt.

Sie war eine schlechte Lügnerin. Ich traute es Reza zu, im Nebenzimmer zu warten, bis wir weg wären, bei dem Kerl wusste man nie. Ich fragte mich, wie groß die Wohnung war. Forugh hatte erzählt, für sie selbst, Reza und das Baby sei bei ihrer Tante nicht genug Platz gewesen. Wohnte Frau Kashani allein? War sie verheiratet? Kinder hatte sie wohl keine. In dem Wohnzimmer deutete nichts auf Kinder hin, selbst von Nima lag noch nicht einmal ein Schnuller herum.

„Leben Sie schon lange in Deutschland, Frau Kashani?", fragte ich. Ich spürte Marias Blick.

Sie sei vor dreiundzwanzig Jahren nach Frankfurt gekommen, eigentlich zum Studieren. Sie wollte Ärztin werden. Aber am Physikum sei sie zweimal gescheitert und habe dann aufgegeben, erzählte sie freimütig. Jetzt betreibe sie einen Lebensmittelladen mit iranischen Spezialitäten. Sie biete auch persische Speisen an.

„Fertige Speisen zum Mitnehmen?", fragte ich.

„Das auch, aber man kann bei uns auch essen."

„Ach ja?"

„Und liefern tun wir auch."

Sie sprang auf und holte einen Prospekt, ein buntes Faltblatt mit zu vielen Fotos und kleingedrucktem Text, man musste genau lesen, um zu verstehen, was sie eigentlich anbot. Die Adresse immerhin war fett gedruckt: Markgrafenstraße 11, also ganz in der Nähe ihrer Wohnung.

„Gratuliere", sagte ich.

„Hat Ihnen Reza nie etwas von unserem Laden erzählt?"

Eine vage Ahnung beschlich mich. Sie warf ihrer Nichte einen Blick zu. „Du auch nicht?" Die zuckte nur die Schulter.

Auf diese Weise erfuhr ich, dass das Restaurant, für das Reza seit Monaten Fahrdienste und andere kleine Arbeiten erledigte, der Laden der Tante seiner Frau war.

„Dann gehört der alte Renault Ihnen?"

„Alt würde ich nicht sagen."

Ich widmete mich wieder meinem Essen.

„Mögen Sie noch etwas *Ghormesabsi*?"

Frau Kashani winkte mit der Reiskelle.

„Herzlichen Dank, es hat köstlich geschmeckt."

„Dann müssen Sie öfter zum Essen kommen", lachte sie und sah dabei aus wie eine Chinesin.

„Es ist Zeit, dass wir uns verabschieden." Maria sah demonstrativ auf ihre Armbanduhr.

Es war tatsächlich schon spät, und wir hatten noch gar nicht über Reza gesprochen. Maria war auf die Stuhlkante gerutscht, bereit aufzuspringen und die

Wohnung zu verlassen. Unter dem Tisch drückte ich sanft ihre Hand, sie sah mich erstaunt an. An Forugh gewandt fragte ich, ob sie wisse, was Reza bevorstehe. Sie nickte stumm, und ich war froh, dass sie nicht wieder weinen musste.

„Hören Sie, noch ist das letzte Wort nicht gesprochen. Mein Anwalt prüft, ob es nicht doch die Möglichkeit einer Duldung gibt. Für Reza spricht, dass er hier eine Familie hat. Aber dazu ist es unerlässlich, dass er kooperiert. Er soll mich gleich morgen früh anrufen. Bitte richten Sie ihm das aus."

Forugh sah hilfesuchend zu ihrer Tante. Die übersetzte ins Persische, wobei sie abwechselnd ihre Nichte und mich sorgenvoll ansah.

„Was sind das denn für Freunde, zu denen er gegangen ist?", wollte nun Maria im Ton einer Ermittlerin wissen. Die beiden Iranerinnern wechselten einen Blick.

„Freunde", entgegnete Forugh.

Unser Auto war nun unter einer Schneedecke versteckt. Gemeinsam befreiten wir es, wortlos. Es hatte aufgehört zu schneien. Und Maria hatte schlechte Laune.

17

Die Idee kam mir in der Nacht. Ich fand keine Ruhe, warf mich von der rechten auf die linke Seite, auf den Rücken und zurück. Das ging zwei, drei Stunden so, bis ich die Augen aufriss und beschloss, erst einmal das Chaos in meinem Kopf zu ordnen, vielleicht käme ich dann endlich zur Ruhe. Das Licht der Straßenlaternen drang durch die Ritzen des Rollladens und ließ schemenhaft den Kleiderschrank, das Sideboard und die Tür zum Badezimmer erkennen. Durch die gekippte Balkontür wehte kalte Luft hinein. Maria lag eingerollt in ihre Bettdecke und schnarchte leise. Ich zog meine bis zum Kinn hoch, und während ich in das Halbdunkel starrte, blitzte der Gedanke auf, wo ich Reza finden könnte. Von Reza flogen meine Gedanken nach Südafrika zu Bruce (keine Neuigkeiten), zu Uwe (hoffentlich machte er keinen Unsinn), zu Maria (hoffentlich hatte sie morgen bessere Laune), zu Forughs Tante (nette Frau), zum Iran (so plötzlich wieder präsent) und blieben schließlich bei Vater hängen. Ich hatte ihn schon seit einer Woche nicht mehr gesehen, oder? Ich zählte die Tage seit meinem letzten Besuch im Seniorenheim, es waren zehn. Die Erkenntnis klatschte mir wie eine Ohrfeige ins Gesicht. Vor meinem inneren Auge erschien Vater, dünn geworden, eingefallene Wangen, allein im Rollstuhl, der Blick verloren, Bilder, wie ich ihn fütterte, wie er mich stumm anschaute, immer weniger redete, noch weniger verstand, was ich sagte, wie seine Konturen verschwammen, bis sie irgendwann, schon bald nicht mehr erkennbar wären und der große alte Mann sich für immer verabschieden würde. Morgen werde ich ihn besuchen, beschloss ich, und daran würde ich mich von nichts und niemanden hindern lassen.

Am nächsten Morgen fuhr ich auf direktem Weg in die Robert-Mayer-Straße. Die Nummer 25 war ein Altbau, früher war die Fassade vermutlich weiß gewesen, jetzt könnte sie einen neuen Anstrich gebrauchen. Es gab tatsächlich ein Klingelschild mit dem Namen Sarvestani. Ich drückte und wartete, versuchte es ein zweites Mal. War er nicht da oder schlief er noch? Beim dritten Mal ließ ich den Finger auf dem Klingelknopf, das half. Die Haustür summte und ich stürmte die Treppen hoch, Stockwerk für Stockwerk, die Holzstufen ächzten unter meinen Füßen. Dafür, dass ich so gut wie nicht geschlafen hatte, war ich kaum außer Atem. Ich hatte also noch Reserven, sagte ich mir und fühlte mich fast wieder jung. In der vierten Etage angekommen hörte ich von oben Rezas Stimme.

„*Forugh?*", rief er hinunter.

Ich nahm die letzten Stufen.

„*Nein, ich bins*", sagte ich auf Persisch und hatte das Überraschungsmoment auf meiner Seite.

Der Kampf, der in seinem Inneren tobte, war allzu leicht in Rezas Gesicht abzulesen. Sein Respekt mir gegenüber rang mit Empörung und Wut darüber, dass ich ihn nicht in Ruhe ließ, ihn aufstöberte und unausweichlich zur Rede stellen würde. Der Respekt gewann die Oberhand.

„*Salam, Agha je Hamidzadeh. Entschuldigen Sie, ich hoffe, Sie mussten nicht allzu lange an der Haustür warten, treten Sie doch bitte ein*", sagte er, als sei ich ein gern gesehener Gast, den er erwartet hatte.

Die Wohnung machte einen heruntergekommenen Eindruck, die Tapeten, irgendein schreckliches Blumenmuster in Braun und Gelb, stammten vermutlich aus den 70er Jahren, der graue Linoleumboden war rissig und die vergilbte Farbe an den Türen blätterte schon ab. Die Wohnung bestand nur aus zwei kleinen Zimmern, die durch die Dachschräge noch nicht einmal vollständig genutzt werden konnten, einer etwas geräumigeren Küche und einem Badezimmer. Für diese Bruchbude verlangte Wagner, dieser Halsabschneider, 600 Euro von mir. Ich sollte ihn wegen Mietwucher verklagen, überlegte ich, sah mich um und versuchte zu schätzen, wie viele Quadratmeter die Wohnung hatte. Mein Blick fiel auf Rezas gebeugten Rücken, der Junge tat mir leid. Jetzt hatten wir erst einmal andere Sorgen.

Reza führte mich in die Küche. Mit dem Arm schob er persisch-sprachige Zeitungen, Babyflaschen und Schnuller auf dem Küchentisch zur Seite, und bat mich, auf dem einzigen freien Stuhl Platz zu nehmen. Den anderen befreite er von Strickjacken und Schals, die darauf lagen und ließ sich selbst nieder. Dann fiel ihm etwas ein, er sprang auf und setzte Wasser auf, durchwühlte den Küchenschrank, förderte zwei Kaffeebecher zutage, riss eine schon offene Schachtel zusätzlich an der Seite auf und holte zwei Teebeutel heraus. Und dann verbrühte er sich die Hand. Ein „Achh" entfuhr ihm, er trat einen Schritt zurück und legte ein Geschirrtuch auf die beschädigte Hand.

„*Setz dich, ich mache das*", sagte ich und drängte ihn zur Seite.

„*That`s all a bit too much for you right now, isn`t it?*",

sagte ich, als wir endlich mit dem Tee vor uns am Küchentisch saßen.

Eigentlich nicht nur zurzeit, sondern generell, dachte ich. Das jedenfalls hatte Frau Kashani am Abend zuvor angedeutet. Wie sie das meine, hakte ich nach. Unsere Gastgeberin warf ihrer Nichte einen schnellen Seitenblick zu. Reza verliere leicht den Überblick, und er sei ein misstrauischer Mensch, wittere hinter jeder Kritik und jedem Ratschlag einen geheimen Plan, um ihm zu schaden. Das war mir auch schon aufgefallen, bestätigte ich und bat Frau Kashani Deutsch zu sprechen, damit auch Maria alles verstand.

Oh ja, natürlich, entgegnete sie und wiederholte das Gesagte auf Deutsch. Andererseits habe er Schlimmes erlebt, milderte Forughs Tante ihr hartes Urteil über Reza ab, wobei sie die Hand ihrer Nichte drückte.

„Was hat er denn erlebt?", fragte ich in der Hoffnung, nun endlich zu verstehen, was hinter dem Phantom Reza steckte. Doch anstatt darauf einzugehen, sagte sie nur: „Wer wüsste das besser als Sie? Sie sind sein Onkel."

„*Ja*", sagte Reza nur und seufzte, „*alles zu viel.*"

„*Und jetzt ist ein Problem hinzugekommen. Hör zu, mein Anwalt setzt alles dran, damit du bleiben kannst.*"

„*Danke*", sagte er lahm, er klang nicht überzeugt. Alles an ihm hing herab, seine Schultern, sein Kopf, seine Mundwinkel, es war ein einziges Elend, ihn anzuschauen.

„Du musst jetzt stark sein, du hast eine Familie, vergiss das nicht."

„Ich möchte Ihnen keinesfalls zur Last fallen. Es ist mir peinlich, dies zu fragen, aber wäre es Ihnen möglich, mir Geld zu leihen?"

Um ihn kooperativ zu stimmen, holte ich mein Portemonnaie hervor, und fragte, wieviel er brauche.

„Tausend."

„Was? Wofür?"

Nun straffte er sich und sah mir in die Augen. Mit fester Stimme teilte er mir mit, er werde nach Istanbul fliegen und dann wieder einreisen. Das sei die beste Lösung. Er benötige nur Geld für den Flug und den Aufenthalt dort. Über die Rückzahlung bräuchte ich mir keine Sorgen zu machen, er würde alles mit Zinsen und Zinseszinsen zurückzahlen.

„Ich glaube nicht, dass das funktioniert. Du hast gegen das Aufenthaltsrecht verstoßen, die Deutschen lassen dich nicht einfach so wieder rein."

„Doch, doch. Ich kenne Iraner, die es auch so gemacht haben. Ich besorge mir im deutschen Konsulat in Istanbul ein Visum und komme wieder. Tausend Euro würden mir völlig reichen. Bitte Herr Hamidzadeh."

Jetzt lag der Ball wieder bei mir im Spielfeld. Das behagte mir ganz und gar nicht. Selbst wenn ich ihm das Geld gäbe, selbst wenn es ihm gelänge, mit einem Touristenvisum zurückzukommen, was wäre dann? Ich hatte nun schon mehrmals geholfen. Nur, was hatte es genutzt? Half ich ihm aus einer akuten Notlage, hatte er anschließend nichts Eiligeres zu tun als in das nächste Unglück zu stolpern. Und von Mal zu Mal wurden seine Lebensumstände verworrener. Dabei hatte ich bisher kaum mehr als einige wenige Bruchstücke über ihn erfahren, wer weiß, was bei ihm noch alles im Argen lag.

„Sie müssten nur für mich bürgen, damit ich ein Visum bekomme", sagte er, als sei das selbstverständlich.

Klar, noch was, dachte ich.

„Das ist eine reine Formsache", meinte er erklären zu müssen.

„Dieser Ein- und Ausreisequatsch bringt nichts. Wie oft willst du das machen? Nach drei Monaten wieder nach Istanbul und zurück? In sechs Monaten wieder? Nein, ich werde mit meinem Anwalt reden, der soll die Sache in die Hand nehmen und für dich eine Duldung erwirken. Daraus lässt sich dann ein geregelter Aufenthaltsstaus machen."

„Das geht nicht innerhalb von zwei Wochen. Und dann werde ich zwangsweise abgeschoben. Warum sollen wir das Risiko eingehen?"

Aha, jetzt war es also schon unser Risiko.

Natürlich hatte er nicht völlig unrecht, zwei Wochen waren in der Tat knapp. Überzeugt von seinem Plan war ich trotzdem nicht. Aber auf jeden meiner Einwände hatte er prompt eine Antwort. Visum für die Türkei? Iraner brauchten keines. Wovon wolle er in Istanbul leben, wenn die Ausstellung des deutschen Visums länger dauern sollte? Es ginge schnell, das hätten alle bestätigt. Wer ist alle? Alle im Internet. Ob er nicht wüsste, dass im Internet allerlei Unsinn und wilde Behauptungen stünden? Doch, genau deswegen habe er sich bei seriösen Quellen informiert. Ob es ihm nichts ausmache, seine Frau und sein Kind allein zu lassen? Was bleibe ihm anderes übrig, entgegnete er, als sei ich schuld. Außerdem wäre es schön, wenn ich ein bisschen nach Forugh und Nima sehen würde.

Wenn er auch sonst nichts konnte, das Delegieren hatte er im Blut. Die Vorstellung, Reza einen Monat lang los zu sein, hatte auch etwas Verlockendes.

„Ich weiß nicht", sagte ich und schüttelte den Kopf.

„Wir können wieder einen Deal machen, Agha je Hamidzadeh. Was soll ich dafür tun?"

Ich schwieg. Er begann seine Hände zu kneten.

„Es wird Zeit für mich." Ich blickte auf meine Armbanduhr und erhob mich.

Reza sprang auf. *„Agha je Hamidzadeh. Bitte! Ich brauche das Geld."*

Na gut, sagte ich und nahm wieder Platz.

„Ich gebe dir das Geld, wenn du mir von deinem Leben im Iran erzählst. Was ist dort vorgefallen? Was ist der wirkliche Grund, warum du nach Deutschland gekommen bist?"

„Das ist alles, was ich dafür tun muss?"

Ich nickte, Reza atmete auf.

„Aber ich warne dich. Wenn du mir wieder Lügengeschichten auftischst, lasse ich dich fallen."

„Selbstverständlich."

„Und nichts weglassen", setzte ich nach. *„Ich habe Geduld,*

ich kann zuhören.“

„*Aber natürlich*“, antwortete er und begann zu erzählen.

Er hatte in Teheran Bauingenieurwesen studiert, das habe ihm Spaß gemacht. Seine Abschlussnoten waren nicht schlecht. Er träumte davon, Autobahnen und Brücken zu bauen, viel Geld zu verdienen und in einem der neuen Hochhäuser im Norden Teherans eine schicke Wohnung zu mieten, ein fabrikneues Auto zu kaufen. Nach dem Jubel über den Studienabschluss kam die Ernüchterung. Die Wirtschaft ächzte unter den Sanktionen, die Auftragslage der Unternehmen war schlecht, sie stellten kaum ein. Der Anzeigenteil der Zeitungen wurde immer dünner. Bewerbungen hatten nur einen Sinn, wenn jemand von Rang ein gutes Wort für einen einlegte. Manchmal musste man auch noch anders nachhelfen. Reza wusste es, alle wussten es. Die Konkurrenz war enorm. Kaum hatte er sein Examenszeugnis in der Tasche, ließen sein Vater, seine Onkel, älteren Brüder und Schwager ihre Kontakte spielen, riefen Bekannte an, die Einfluss hatten oder entsprechende Leute kannten, luden sie zum Essen ein, passten sie ab.

Reza schob die Tasse von sich weg und lachte bitter. „*Ich war sicher, früher oder später würde es klappen*“, sagte er. „*Keine Sorge, wir bringen dich schon unter, versicherten sie mir bei jedem Treffen und warfen mit Firmennamen, Aufgabenbeschreibungen und möglichen Einstiegsgehältern um sich.*“

Er bereitete sich auf Vorstellungsgespräche vor,

die nie stattfinden sollten. Die Möglichkeiten seiner Familie waren begrenzt, erkannte er schließlich. Diese Lektion stand in keinem seiner Lehrbücher, darauf hatte ihn sein Vater nicht vorbereitet. Der wurde nicht müde, von früher zu schwärmen, als er mit wichtigen Leuten in Armee und Administration per Du war, damals unter dem Schah. Seit der Revolution waren die Drähte nach oben gekappt, der Cadillac längst verkauft, die Familie aus der Villa im Teheraner Norden von einem Typ mit schwarzem Turban vertrieben, die Grundstücke am Kaspischen Meer zwangsversteigert. Sie waren nicht die Einzigen, andere Familien hatten schon bald das Land verlassen. Rezas Vater aber blieb in seiner Blase und tat so, als sei die Islamische Republik nur ein schlechter Traum, aus dem sie bald aufwachten.

„Und dann rief mich eines Tages mein ältester Bruder an und verkündete, er habe mir einen super Job bei einem internationalen Immobilienkonzern besorgt. Dieses Mal sei es todsicher."

Reza zog zum ersten Mal den Anzug an, den er sich schon gleich nach dem Examen für solche Anlässe gekauft hatte und machte sich auf den Weg nach Vanak im Norden Teherans. Das Unternehmen war in einem Hochhaus untergebracht, unten schicke Boutiquen, oben zwölf Stockwerke Büros. Nachdem man ihn eine Stunde lang warten ließ, kam ein junger Angestellter, kaum so alt wie er selbst und teilte ihm mit, er habe die Möglichkeit, ein dreimonatiges

Praktikum in der Buchhaltung zu machen. Über die Bezahlung verlor der Schnösel kein Wort, und als Reza fragte, sah er ihn nur erstaunt an und belehrte ihn, er solle froh sein, überhaupt eine Chance zu erhalten. Reza ging am nächsten Morgen hin.

„Kaum war ich da, wurde mir mitgeteilt, der Bürobote sei am Tag zuvor auf dem Nachhauseweg auf der Rolltreppe ausgerutscht und nun im Krankenhaus. Sie müssten kurzfristig umdisponieren, und ich solle nun den ganzen Tag auf einem Wägelchen Akten hin- und her befördern, den Herren im Management von Zeit zu Zeit Tee servieren und zwischendurch dem Archivar im Keller zur Hand gehen."

Reza verschränkte die Arme und sah mir in die Augen. *„Am liebsten wäre ich gleich wieder gegangen, aber dann hätte mir mein Bruder die Hölle heiß gemacht. Also blieb ich und erledigte den Job auf meine Weise. Nachdem ich die Mappen, Briefe und sonstigen Papiere verteilt hatte, suchte ich mir ein ruhiges Eckchen und las ein gutes Buch. Es fiel niemandem auf."*

Was er denn so gelesen habe, wollte ich wissen. Er liebe amerikanische Krimis gestand er mir, von Don Winslow zum Beispiel. Ob ich von ihm mal etwas gelesen habe. Ja, bestätigte ich und bat ihn fortzufahren. An einem Mittwochvormittag betraten ein paar Direktoren des Unternehmens mit ihren chinesischen Gästen exakt den Besprechungsraum, in dem es sich Reza gerade gemütlich gemacht hatte und mit hochgelegten Füßen sein Buch las. Keine Stunde später stand er unten auf der Straße. Sein großer Bruder beschimpfte ihn als Versager, er habe die Chance seines Lebens vertan. Der Idiot wiederholte das so lange, bis die gesamte Verwandtschaft von Rezas Scheitern überzeugt war. Wenig später nahm er einen Job als Taxifahrer an, denn wenn er etwas könne, dann sei es Autofahren, vertraute er mir treuherzig an. Ich verzichtete auf einen Kommentar. Taxifahren sei zwar nicht das, was er sich erträumt hatte, aber zum ersten Mal in seinem Leben habe er sein eigenes Geld verdient, erklärte er mir.

„*Und Forugh?*", fragte ich.

Er spielte mit seinem Teebeutel, schien nachzudenken. Ich wartete. Es war für junge Leute leichter einem Älteren von der Arbeit zu erzählen als von der Liebe. Vater hatte ich nie anvertraut, wie ich Maria kennengelernt habe. Er hatte aber auch nie gefragt. Lag es an fehlendem Interesse oder war es sein Taktgefühl? Ich nahm mir vor, ihn beim nächsten Besuch im Seniorenheim danach zu fragen.

Reza ließ den Teebeutel zurück in die Tasse fallen, breitete die Arme aus und setzte seine Geschichte fort. Er lernte Forugh genau an dem Tag kennen, an dem er seine Karriere als Bürobote gegen die Wand gefahren hatte. Es war erst gegen Mittag, er wagte es noch nicht nach Hause zu gehen und unbequeme Fragen zu beantworten. In einem Schnellrestaurant holte er sich ein Sandwich, setzte sich in dem naheliegenden Park auf eine Bank, biss in sein Brot und war froh, diesen lächerlichen Job nicht mehr machen zu müssen.

An die Parks in Teheran konnte ich mich gut erinnern. Sie waren wohl die einzige Zuflucht vor der Abgashölle und dem Lärm auf den Straßen, und sie waren zu jeder Tageszeit gut besucht.

„Mir fielen zwei Frauen auf, wohl Studentinnen, sie schlenderten den Weg entlang, unterhielten sich angeregt und leckten an ihrem Eis. Die jüngere der beiden …" Er stockte.

„Ja?", versuchte ich nachzuhelfen und lächelte.

„Es war die Art, wie sie sich bewegte …."

Reza fing wieder an, mit dem Teebeutel zu spielen. Ich wartete.

Die beiden Frauen ließen sich ausgerechnet auf der Bank neben ihm nieder, keine zwei Meter entfernt. Reza setzte sich so, dass er einen freien Blick auf die jüngere der beiden hatte. Die sprach die meiste Zeit und sah ihrer Begleiterin dabei in die Augen, es waren wohl ernste Themen, die da erörtert wurden. Sie hatte einen entschiedenen Gesichtsausdruck, als ob sie genau wüsste, was sie will. Leider erhoben sich die beiden Frauen schon bald wieder und entfernten sich aus seinem Gesichtsfeld.

Am nächsten Tag ging Reza um die gleiche Uhrzeit wieder in den Park, auch am übernächsten. Er gab nicht auf, Tag für Tag schlenderte er durch die Grünanlage und hielt nach der Unbekannten Aus-

171

schau. Aber sie kam nicht mehr. Mit der Zeit verschwamm sein Bild von ihr, er kam sich lächerlich vor und stellte seine Spaziergänge ein. Das Taxifahren nahm ihn nun völlig in Anspruch, er saß täglich zehn Stunden am Steuer, begierig, möglich schnell möglichst viel zu verdienen. Er träumte nicht mehr davon, Autobahnen und Brücken zu bauen, er träumte von einem eigenen Taxi, darauf wollte er sparen. Seinem Vater hatte er nichts von dem neuen Job erzählt, der dachte, Reza hätte ein Promotionsstudium begonnen, das hatte er seinem alten Herrn und auch der restlichen Verwandtschaft erklärt.

„Und wenn sich einer von denen zufällig in dein Taxi gesetzt hätte? Dann wärst du aufgeflogen", bemerkte ich.

„In einer Stadt mit 14 Millionen Einwohnern?", fragte Reza.

An einem regnerischen Herbstnachmittag war er auf der Valiasr-Straße in Richtung Tadjrisch-Platz unterwegs, erzählte Reza weiter. Das Wasser klatschte gegen die Windschutzscheibe, die Scheibenwischer kamen kaum nach. Reza steckte in der mittleren Spur fest, eingekeilt zwischen anderen Autos. Von Zeit zu Zeit konnte er etwas vorrollen, dann war wieder Stillstand. Auf den Bürgersteigen waren nur wenige Fußgänger unterwegs, und die hatten es eilig, ins Trockene zu gelangen.

„In einiger Entfernung entdeckte ich eine Frau am Straßen-

rand, allein und ohne Regenschirm, eine Gestrandete. Sie reckte den Kopf, als hielte sie nach einem Taxi Ausschau. Ich beeilte mich zu ihr zu gelangen, bevor mir einer zuvorkam. Ihr Trenchcoat und das Kopftuch waren durchnässt, in den Händen hielt sie mehrere Einkaufstaschen."*

Als er endlich an den Bordstein heranfuhr, sprang sie schimpfend zurück. Dann riss sie die hintere Tür auf, warf ihre Tüten nacheinander auf die Rückbank, sprang hinein und knallte die Tür zu. Was ihm einfalle, sie nass zu spritzen, herrschte sie ihn an.

„Ich ging nicht darauf ein, ständig beschwerten sich Fahrgäste. Die hier schien obendrein auch noch hysterisch zu sein. Stattdessen begrüßte ich sie mit so etwas wie: ‚Willkommen in meinem Reich, verehrte Dame. Was ein schreckliches Wetter.'

Dabei schaute ich in den Rückspiegel, ich wollte wissen, mit wem ich es da zu tun hatte. Sie war jung. Das nasse Tuch klebte ihr am Kopf, Haarsträhnen schauten darunter hervor, sie tupfte sich mit einem Taschentuch Stirn und Nase ab und wirkte äußerst unzufrieden. Ihre Augen waren groß und ausdrucksvoll. Sie kam mir bekannt vor.

‚Wollen Sie nicht endlich losfahren?' herrschte sie mich an.

Diese kleine Person hatte einen beachtlichen Kommandoton, das können Sie sich gar nicht vorstellen, Agha je Hamidzadeh." Reza lächelte.

Ich hatte Forugh als höfliche und zurückhaltende junge Frau kennengelernt, aber offensichtlich hatte sie auch andere Seiten. *„Und dann?"*, fragte ich.

Reza legte die Unterarme auf den Tisch und sah

geradeaus, ganz so als lenke er ein Auto. Der Junge hatte schauspielerisches Talent. Wer hätte das gedacht? Von Forugh zu erzählen, bereitete ihm sichtlich Vergnügen.

„*Sie wollte zum Africa Boulevard,*" fuhr er fort. „*Ich fädelte mich in den Verkehr ein. Nach einer Weile wagte ich einen neuen Blick in den Rückspiegel. Sie trug ein dunkelblaues Kopftuch, war es nicht eben noch braun gewesen? Ihre Gesichtszüge waren nun entspannter. Hinter mir wurde gehupt, ein Motorradfahrer hielt neben mir und brüllte:* ‚*Träumst du?*‘ *Ich bemerkte nun, dass ich den Verkehr aufhielt, hob die Hand zum Zeichen der Entschuldigung und gab Gas.*

‚*Wo haben Sie eigentlich Auto fahren gelernt?*‘*, schaltete sich mein Fahrgast von hinten ein.*

‚*Entschuldigen Sie, mir war, als ob ich Ihnen schon einmal begegnet wäre.*‘

‚*Etwas einfallslos die Masche, finden Sie nicht?*‘

‚*Ihr Kopftuch . . .*‘

‚*Ich habe immer Ersatz dabei, man weiß nie.*‘

Ich schaute in den Rückspiegel. Unsere Augen begegneten sich.

‚*Konzentrieren Sie sich aufs Fahren*‘. *Ihre Stimme klang schon milder.*

Die weitere Fahrt über begnügte ich mich damit, nur kurze Blicke in den Rückspiegel zu werfen. Sie schaute aus dem Fenster, so dass ich nur noch ihr Profil zu sehen bekam. Es war eine kurze Strecke. Als wir auf dem Africa Boulevard ankamen, hörte es auf zu regnen. Sie dirigierte mich in eine Seitenstraße bis hin zu einem zweistöckigen Wohnhaus mit Garage, weißer Fassade, die

Eingangstür und die Fensterrahmen waren aus dunklem Holz. Ich hielt in der Garageneinfahrt und drehte mich um, endlich konnte ich sie direkt anschauen.

‚Was macht das?‘, fragte sie.

Für Sie gar nichts, entgegnete ich. Es sei mir eine Freude gewesen, sie zu fahren.

‚Klar, mich nass zu spritzen macht Freude.‘, warf sie mir an den Kopf.

Wir seien uns schon einmal begegnet, wagte ich zu sagen. Sie ging nicht darauf ein, sondern wedelte mit ein paar Scheinen und fragte ungeduldig: ‚Wieviel?‘

Ich gab nicht auf. Ob sie vielleicht an der Teheraner Universität studiere, fragte ich.

‚Wieviel?‘, wiederholte sie.

Es hatte keinen Zweck, ich nannte ihr den Betrag, nahm das Geld entgegen und sah ihr hinterher, wie sie zur Haustür ging. An ihrem Gang erkannte ich sie. Ich hatte sie wiedergefunden, mehr noch, ich hatte ihre Adresse.“

Reza sprang auf.

„Jetzt mache ich noch einmal Tee, Agha je Hamidzadeh.“

„Später, erzähl erst einmal weiter“, entgegnete ich. Jetzt wurde es gerade erst wirklich interessant.

Er ließ sich wieder in den Stuhl fallen und krempelte in aller Ruhe die Ärmel seines Hemds hoch. Genoss er es, die Spannung zu steigern? Das hier war ein neuer Reza, ich fing an, ihn zu mögen.

„Am nächsten Tag um 8 Uhr morgens hielt ich in der Einfahrt neben ihrem Haus, stieg aus, lehnte mich an mein Auto und wartete. Ich war sicher, dass sie studierte und sich zeitig zur Universität aufmachen würde. Tatsächlich trat sie wenig später aus dem Haus, und ich gratulierte mir selbst für mein Timing. Die Wohngegend und ihre teure Kleidung sprachen für eine wohlhabende Familie, der es auf jeden Fall besser ging als meiner Sippschaft. Sie sah durch mich hindurch und lief an mir vorbei.

,Entschuldigen Sie‘, rief ich ihr hinterher ,Darf ich Sie fahren?‘

Sie drehte sich um und sah mich an, als sei ich ein seltenes Tier. Mein Mut schwand. Sie trat näher an mich heran, warf einen Blick auf das Auto, dann wieder auf mich.

,Sie haben mich doch gestern gefahren‘, stellte sie fest.

Mein Hals war ganz trocken. Jetzt, da sie so nah vor mir stand, konnte ich keinen klaren Gedanken fassen.

,Meine Schuhe sind immer noch nass.‘, sagte sie.

,Entschuldigung.‘ Etwas Besseres fiel mir nicht ein.

,Na, gut.‘ Sie nickte mir zu, und ich beeilte mich, ihr die hintere Tür zu öffnen. Sie glitt auf den Rücksitz.

,Zur Teheraner Universität‘, rief sie.

Also hatte ich doch richtig geraten. Ich konnte mein Glück nicht fassen. Von da an holte ich sie jeden Morgen ab.

So fing es an, das war vor drei Jahren.“

Ja, der Anfang, dachte ich, die erste Begegnung, der erste Blick, das erste Wort. Ich erinnerte mich, es war lange her.

„Agha je Hamidzadeh?“ Reza beobachtete mich.

„Ist in Ordnung, erzähl weiter“, forderte ich ihn auf und nahm einen Schluck von meinem Tee, er war kalt geworden.

Ihre Liebe hielten sie vor ihren Familien geheim. Foroughs Vater war Chefarzt im Militärhospital und hatte einen direkten Draht nach ganz oben. Im Krieg hatte er bei den Revolutionsgarden gedient, sich in der Schlacht von Chorramshahr durch besondere militärische Leistungen hervorgetan und war rasch in der Kommandostruktur aufgestiegen. Nach dem Krieg finanzierten die Revolutionsgarden sein Medizinstudium, seine Karriere war vorprogrammiert. Er hätte einen Taxifahrer als Schwiegersohn schwerlich akzeptiert. Reza war nicht naiv, selbst wenn er es schaffen sollte, ein großes Taxiunternehmen aufzubauen und viel Geld zu verdienen, würden Foroughs Eltern auf ihn herabblicken, denn solche Leute empfanden nur Akademiker als ihnen ebenbürtig.

„Aber das bist du doch", bemerkte ich.

„Nur auf dem Papier". Er schnaubte verächtlich.

Die Stadt war voller Universitätsabsolventen, die sich mit Gelegenheitsjobs über Wasser hielten, erklärte er mir. Viele machten sich nach einer Übergangszeit selbstständig, eröffneten einen Laden, boten Dienstleistungen an, waren durchaus erfinderisch. Einige hatten tatsächlich Erfolg, andere überlebten gerade so, und nicht wenige verschuldeten sich und nahmen am Ende doch einen Job an, irgendwo, irgendwie. Und falls sich der Chefarzt doch noch mit ihm abgefunden hätte, dann hätten Forough und er eine bezahlbare Wohnung finden müssen, und das sei so gut wie unmöglich gewesen.

„*Wie geht es Forugh mit all dem?*", fragte ich.

Als habe es dieses Stichworts bedurft, klingelte es an der Haustür und wenig später betrat Forugh mit dem Baby auf dem Arm die Küche. Über ihr Gesicht huschte ein Schatten, als sie mich bemerkte. Aber dann brach die gute Erziehung durch, sie begrüßte mich, fragte, wie es mir gehe, ob wir gestern gut nach Hause gekommen seien. Derweil nahm Reza ihr Nima aus dem Arm, herzte ihn, warf ihn in die Luft und fing ihn wieder auf. Der Kleine quiekte vergnügt und schenkte seinem Vater ein zahnloses Lächeln.

Ich erhob mich, hier störte ich nur noch.

„*Wir müssen weiterreden*", sagte ich zum Abschied. Der Nebel um Reza hatte sich zwar etwas gelichtet, verschwunden war er noch nicht. An seiner erzwungenen Ausreise änderte das nichts, in zwölf Tagen lief die Frist ab.

„*Ich melde mich wieder. Und du, geh an dein Handy, wenn ich anrufe, sonst kann ich dir nicht helfen*", sagte ich schließlich.

Auf dem Weg die Treppen hinab begleiteten mich die Bilder aus Teheran. Das war nicht mehr das Land, das ich zuletzt vor 40 Jahren besucht hatte, als Student. Ich würde es womöglich gar nicht mehr wiedererkennen. Wo war eigentlich mein abgelaufener iranischer Pass, fragte ich mich.

Ich hörte Schritte unter mir, und schon kam mir eine Frau mit Kopftuch, in beiden Händen vollgepackte Einkaufstaschen, auf der Treppe entgegen. Sie grüßte knapp, und ich drückte mich an die Wand, um sie vorbeizulassen. Auch nachdem von ihr nur noch das Knarren der Holzstufen zu vernehmen war, blieb ich stehen und sah mich um. Das dunkle Treppenhaus, die türkische Nachbarin und der Geruch nach Bohnerwachs vermischt mit orientalischen Essensdüften versetzten mich in eine vergangene Zeit mit Maria. Unser erstes Zuhause sah nicht viel anders aus. Ich bereitete mich auf mein Vordiplom vor, und sie studierte im ersten Semester. Jeden Freitagmorgen stürzten wir zum Kiosk, um uns ein Exemplar der Frankfurter Rundschau mit den Wohnungsannoncen zu sichern, noch auf der Straße sahen wir die Anzeigen durch und riefen aus der Telefonzelle die Vermieter an. Es war nicht einfach, entweder passte denen mein Name nicht oder sie vermieteten nicht an Studenten oder die Sache hatte einen anderen Haken. Wir wollten nicht länger warten, also zog Maria vorübergehend zu mir in mein Wohngemeinschaftszimmer. Aus dem Provisorium wurden zwei Jahre, die schönsten meines Lebens. Wo werden Reza und Forugh in vierzig Jahren stehen, überlegte ich und fühlte mich uralt.

18

Zwei Tage nach meinem Besuch bei Reza in der Robert-Mayer-Straße bestellte ich ihn ins Café Laumer, ich wollte ungestört mit ihm reden. Die gediegene Kaffeehausatmosphäre mit den bequemen Polstersesseln, den leise miteinander plaudernden oder Zeitung lesenden Gästen und den Kellnerinnen in schwarzen Uniformen gefielen ihm sichtlich. Er nickte anerkennend und meinte, so etwas habe er bisher nur in Filmen gesehen. Ich kam gleich zur Sache, für das Treffen hatte ich mir zwei Stunden aus meinem Terminplan herausgeschnitten. Wie es weitergegangen sei, nachdem er Forugh kennengelernt habe, fragte ich. Ich wollte jetzt alles wissen.

„Wir trafen uns heimlich.“

Ihre Eltern waren wohl das geringste Problem,

überlegte ich. Überall wimmelte es vermutlich von Denunzianten, die es genossen, unverheiratete Paare der Unzucht zu überführen. Ein flüchtiger Kuss, eine Umarmung genügten, um von der Sittenpolizei mitgenommen zu werden.

„Wo habt Ihr euch denn getroffen?"

„Zum Essen im Restaurant, zum Spaziergehen im Park oder bei Freunden. Solange man sich in der Öffentlichkeit nicht berührt, ist man in Teheran sicher. Aber ganz für uns konnten wir nur in der Wohnung meines Freundes Hossein sein. Hossein lebt in einem der Wohntürme in Parand."

„Parand?"

„Das ist eine neue Sattelitenstadt, die etwa 30 km südöstlich von Teheran aus dem Boden gestampft worden ist. Dort sind Hossein und seine Frau nach endloser Wohnungssuche schließlich gelandet, die Mieten sind für sie bezahlbar, dafür nehmen sie zwei Stunden Fahrzeit zu ihrer Arbeit in Kauf. Dienstags und donnerstags verabredeten Forugh und ich uns an wechselnden Treffpunkten mitten in der Stadt, wo sie in mein Taxi einstieg, wie ein gewöhnlicher Fahrgast. Dann quälten wir uns durch Teherans Dauerstau, bis wir endlich die Stadt hinter uns ließen und freie Fahrt hatten."

„Wie ist denn diese Satellitenstadt so?"

„Wenn Sie darauf zufahren, Agha je Hamidzadeh, sehen Sie schon von weitem die weißen Wohntürme, die inmitten der kargen Landschaft in den Himmel ragen, aneinandergereiht, durchzogen von Straßen, auf denen kaum jemand unterwegs ist, wenig Grün, viel Zement und Asphalt, und rundum nichts als Ödnis."

Ich nahm mir vor, Parand zu googeln.

„Hosseins Wohnung lag im 10. Stock, im Gebäude war sel-
ten jemand zu sehen, keine Augen, die uns kommen und gehen
sahen, niemand, der uns verraten konnte, dachten wir. Hossein
und seine Frau verließen früh am Morgen das Haus und kehrten
erst am Abend aus Teheran zurück, so wie die meisten Bewohner
der Satellitenstadt. Er hatte mir einen Wohnungsschlüssel über-
lassen, wir blieben selten länger als zwei Stunden und räumten
anschließend gründlich auf. Eines Tages, als wir den Wohnturm
gerade verlassen wollten, wurden wir von zwei bärtigen Män-
nern in Zivil und einer schwarz verschleierten Frau angehal-
ten und aufgefordert, uns auszuweisen. Die drei verloren kein
überflüssiges Wort, wechselten nur Blicke und führten uns zu
einem schwarzen Transporter. Ich saß eingezwängt zwischen den
beiden Männern, auf der gegenüberliegenden Sitzbank nahm die
Verschleierte neben Forugh Platz. Auf dem Polizeirevier wurden
wir voneinander getrennt“, sagte Reza.

Im Büro gab es nichts Neues. Bruce hatte mir per
E-Mail mitgeteilt, er sei dran, habe schon einiges erfahren, müsse aber noch weitere Gespräche führen, um
das Bild abzurunden, er melde sich schon bald wieder.
Derweil hatte Uwe erfahren, dass sich Bruce diskret um-
hörte, und war empört. Was das solle, schrie er mich
am Telefon an. Ich musste mich beherrschen, um nicht
zurückzuschreien. Also schwieg ich, bis er nervös wurde
und fragte „Abbe? Bist du noch da?“ Dann erklärte ich
ihm in ruhigen Ton, dass Bruce als Südafrikaner und

politischer Insider einen besseren Einblick hätte. Das alles diene nur dazu, die Sache zu unseren Gunsten zu klären. Das überzeugte ihn nicht, wieder regte er sich auf und warf mir vor, die Reise abgesagt zu haben. Allmählich wurde dieser Mensch schwierig.

„Hör zu", sagte ich, „du bist doch Profi, du weißt, dass die nationalen Partner nicht immer einfach sind und es bei Auslandseinsätzen nicht immer alles nach Plan verläuft. Wir klären die Sache, okay? Und selbst wenn die tatsächlich auf einen Personalwechsel bestehen, finden wir eine andere wichtige Aufgabe für dich in Frankfurt oder im Ausland."

Letzteres hätte ich nicht sagen sollen, es ließ ihn offenbar aufhorchen.

„Willst du mich darauf vorbereiten, demnächst abserviert zu werden?"

Mir wurde es zu blöd. Ich wechselte zu einem formellen Ton, verbat mir derartige Unterstellungen, teilte ihm mit, er höre wieder von mir und beendete das Gespräch. Was war in Uwe gefahren? Er war seit dreißig Jahren im Geschäft. Warum dieses Theater?

19

Es sollte bis weit nach Neujahr dauern, bis Bruce wirkliche Neuigkeiten hatte. Wenige Tage nach unserem Telefonat hatte er sich gemeldet und um Geduld gebeten, so kurz vor Weihnachten sei es schwer, die richtigen Gesprächspartner zu erreichen. Nach den Feiertagen schrieb er mir, nun seien wichtige Leute im Urlaub. Im Nachhinein war ich froh, nicht selbst nach Südafrika gereist zu sein. Wenn Bruce in den Tagen rund um Weihnachten schon nichts ausrichten konnte, dann wäre es mir erst recht nicht gelungen. Uwes panische Anrufe hatten aufgehört, nachdem ich ihm zugesichert hatte, sein Gehalt einschließlich aller Auslandsbezüge weiter zu zahlen, bis die Angelegenheit geklärt sei. So konnte er bis auf Weiteres in seiner Wohnung in Johannesburg bleiben. Da sein Arbeitsvisum Ende des Jahres auslief, riet ich ihm zu einem kleinen Urlaub in Mosambik. Von dort könne er dann als „Tourist" wieder nach Südafrika zurückkehren. Dabei musste ich an Reza denken. Der war tatsächlich nach Istanbul geflogen. Uwe war zumindest vorerst zufrieden gestellt. Wie ich jedoch mit unserem Auftraggeber umgehen sollte, wusste ich immer noch nicht. Gut zwei Wochen nach Neujahr rief mich Bruce zu Hause an. Es war Sonntagabend, im Fernsehen lief „Polizeiruf 110" und Maria und ich hatten es uns gemütlich gemacht, sie mit einem Glas Weißwein, ich mit einem Kännchen Tee. Ich zog mich in mein Arbeitszimmer zurück, schloss die Tür und begrüßte meinen südafrikanischen Freund.

„*Well, it's about Warnke*", sagte er schließlich, nachdem wir mit den guten Wünschen zum neuen Jahr durch waren. Nadeli Patel, der neue Chef der Kommission habe nichts gegen Uwe, er kenne ihn kaum. Mein Mitarbeiter habe sich nichts zuschulden kommen lassen, insofern könne ich beruhigt sein. Patel wolle mit Warnke zusammenarbeiten, ihn schätze er, ihm vertraue er.

„*Warnke ist in Kenia unter Vertrag. Dort kann ich ihn nicht abziehen*", erläuterte ich Bruce.

„*Ich weiß. Kannst du nicht Uwe nach Kenia schicken und Warnke zurück nach Südafrika holen?*"

Klar, auf dem Schachbrett wäre das ein gelunge-

185

ner Zug. Aber da waren die Kenianer, die auch ein Wort mitzureden hatten, da war Uwe, der sich an Südafrika festkrallte und da war vor allem Warnke. Der neue Mann an der Spitze der Kommission vertraute ihm, mein Vertrauen hatte er verspielt. Wer weiß, welche Überraschungen mir bevorstünden, wenn ich ihn wieder nach Johannesburg schicken würde. In Kenia konnte er keinen großen Schaden anrichten, dort kümmerte er sich um die Förderung der Geothermie, politische Verwickelungen waren da unwahrscheinlich.

„*Verstehe*", sagte Bruce, der sogar mein Schweigen verstand.

Ich müsse darüber nachdenken, sagte ich und beendete das Telefonat.

Als ich zurück ins Wohnzimmer kam, lief die Talkshow von Anne Will. Ich setzte an, um Maria zu erzählen, was ich von Bruce erfahren hatte, doch sie hob die Hand, ohne den Blick vom Bildschirm zu wenden. Enttäuscht ließ ich mich nieder, in Gedanken noch in Südafrika. Kanzleramtsminister Peter Altmaier sagte etwas von allein eingereisten jungen Männern aus muslimisch geprägten Ländern, Anne Will unterbrach ihn und fragte nach vermehrter Abschiebung krimineller Ausländer, und ich wurde hellhörig. Es ging wieder einmal um die Übergriffe junger männlicher Einwanderer auf Frauen in der Silvesternacht in Köln. Mehr als 1.300 Frauen hatten in den Tagen danach Strafanzeige erstattet, weil sie in den feiernden Menschenmassen vor dem Kölner Dom von Fremden sexuell belästigt worden seien. Aus anderen Städten wurde Ähnliches berichtet, wenn auch nicht in diesem Ausmaß. Seitdem gab es keine Nachrichtensendung und keine Diskussionsrunde in Fernsehen und Radio, ohne dass Politiker und Kommentatoren die Vorfälle von allen Seiten beleuchteten. Die Zeitungen, das Internet, die sozialen Medien waren voll davon. Kein halbes Jahr hatte die Willkommenskultur gegenüber Flüchtlingen aus Syrien und anderen Ländern des Nahen Ostens angedauert. Über Nacht kippte die Stimmung, und diejenigen, die schon immer gegen Fremde waren, gaben nun den Ton an. Jungen Männern mit schwarzen Haaren und dunklem Teint schlug Misstrauen entgegen, viele Frauen fühlten sich latent bedroht, der Verkauf von Pfefferspray schoss in die Höhe. Die Bundeskanzlerin stand mit dem Rücken zur Wand und schickte ihre Leute vor, um die Ereignisse auf das Schärfste zu verurteilen und zugleich ihre Flüchtlingspolitik zu verteidigen. Gut, dass Reza schon ausgereist war, dachte ich. Bis er wiederkäme, wäre zumindest die erste Welle der Empörung abgeflacht. Als sich auf dem Bildschirm Gesine Schwan zu Wort meldete, schaute mich Maria an und fragte, was ich denn dazu sage. Wir hatten in den letzten Tagen schon des Öfteren über die Kölner Silvesternacht gesprochen. Da-

187

her fragte ich, was genau sie meine.

„Wohin sollen die armen Kerle denn abgeschoben werden? In den Bürgerkrieg nach Syrien? Oder zu den Taliban nach Afghanistan?"

„Arme Kerle?", hakte ich nach.

Maria mit ihrem Herz für Geflüchtete fiel es schwer, die jüngsten Ereignisse in ihr Weltbild einzufügen.

„Lenk nicht ab. Würdest du die abschieben?"

„Nein, ich würde sie in den Knast stecken."

„Und was würdest du sagen, wenn dein Reza auch in Köln mit dabei gewesen wäre?"

„Reza greift Frauen nicht unter den Rock", stellte ich klar.

„Aber wenn er dort gewesen wäre, hätte die Polizei ihn vielleicht festgenommen, einfach weil er ins Bild passt."

Das würde zu diesem Pechvogel passen, zur falschen Zeit am falschen Ort zu sein. Immerhin hatte er das Land vor dem Erreichen der verordneten Ausreisefrist verlassen. Martin hatte gemeint, bei einer freiwilligen Ausreise bestünde in der Regel kein Wiedereinreiseverbot, sicher sei das aber nicht. Und selbst wenn er mit einem erneuten Dreimonatsvisum einreisen würde, warum sollten ihm die Behörden einen längeren Aufenthalt gewähren, fragte mein Anwalt. Das, erwiderte ich, ist dein Job.

„Ich mache mir Sorgen, was aus dem Jungen und

seiner kleinen Familie werden soll", gestand ich.

Maria seufzte. „Wenn wir Kinder gehabt hätten, wären sie vielleicht so alt wie Reza und Forugh und wir hätten vielleicht schon ein Enkelkind."

„Aber wer weiß, was die angestellt hätten", lachte ich etwas gezwungen.

„Bist du eigentlich sicher, dass dir Reza diesmal nicht wieder eine Lügengeschichte aufgetischt hat?", fragte Maria.

Natürlich hatte ich mir auch die Frage gestellt. Wie konnte ich bei allem, was ich mit ihm erlebt hatte, sicher sein? „Dieses Mal ist es anders," antwortete ich. „Er erzählt es so, als würde er das Geschehene erneut durchleben, indem er es mir in allen Einzelheiten ausmalt, als wolle er sich dadurch selbst klar werden, was ihm widerfahren ist."

„Vielleicht vertraut er dir jetzt wirklich."

„Das wäre ein Anfang."

Bei Anne Will fielen sich die Gäste gegenseitig ins Wort, hilflos versuchte die Moderatorin Ordnung in die Debatte zu bringen. Ich schaltete den Apparat aus. Maria stand auf und zog die Vorhänge zu.

Am Montagmorgen rief ich als Erstes Martin an und erläuterte ihm mein Dilemma in Südafrika.

Martin wollte zunächst den Vertrag sehen, bevor er sich äußerte. Das hatte ich erwartet und ihm parallel den eingescannten Vertrag per E-Mail zugesandt. Er solle in seinen Mail-Eingang schauen, bat ich ihn. Mein Anwalt brummte unwillig in den Hörer, wer weiß, aus welcher Arbeit ich ihn gerade herausgerissen hatte. Egal, ich bezahlte ihn gut, und dafür durfte ich ihn auch mal kurzfristig um Rat fragen. Während Martin den Vertrag durchsah, las ich meine eingegangenen E-Mails.

„Also", sagte er schließlich. „Der Auftraggeber hat keinen Anspruch auf eine konkrete von ihm benannte Fachkraft, also in diesem Fall Warnke." Der entsandte Berater müsse die vertraglich vereinbarten Qualifikationsanforderungen erfüllen, das sei alles.

„Uwe Müller erfüllt alle formalen Voraussetzungen. Kann er ihn trotzdem ablehnen?"

„Er kann behaupten, dass er mit Müllers Leistungen während der drei Monate nicht zufrieden war."

Und das war wohl kaum überprüfbar, dachte ich. Also blieb mir nichts anderes übrig als Uwe abzuziehen und der Kommission jemand anderen anzubieten. Mir graute davor, Uwe diese Nachricht zu überbringen. Und ich musste schnellstmöglich einen Nachfolger finden.

Gegen Mittag ging ich zu Fuß zur Leipziger Straße. Die Wolkendecke war endlich aufgerissen und hatte dem trüben Wetter ein Ende gesetzt. Über Nacht waren die Temperaturen abgestürzt, jetzt legte sich die eisige Luft wie eine Maske auf mein Gesicht. Dankbar für das Licht blinzelte ich in die Wintersonne. Ich wollte nach Forugh schauen und fragen, ob sie Neuigkeiten von Reza hatte. Bei mir meldete sich der Kerl nicht, eine Unverschämtheit. Forugh war jedenfalls nach seiner Ausreise wieder zu ihrer Tante gezogen. Die Wohnung in der Robert-Mayer-Straße stand nun leer, und ich bezahlte 600 Euro Miete für nichts. Sie zu kündigen, machte aber auch keinen Sinn, denn wenn Reza wieder da wäre, bräuchten die jungen Leute ihre eigene Wohnung. Martin würde dann alles in die Wege leiten, um für meinen „Neffen" eine Bleibeperspektive zu schaffen. Das hatte ich mit ihm so besprochen. In dem Delikatessengeschäft gleich am Anfang der Leipziger Straße kaufte ich ein paar große sattrote Granatäpfel, um der Frau meines Verwandten nicht mit leeren Händen entgegenzutreten.

Forugh war nicht zu Hause. Vielleicht hatte sie das schöne Wetter genutzt und war mit Nima an die frische Luft gegangen, überlegte ich und beschloss, bei ihrer Tante im Laden vorbeizuschauen. Die Markgrafenstraße war nur wenige Meter entfernt. Seit Maria und ich in jener Schneenacht auf der Suche nach Reza spontan bei ihr vorbeigeschaut hatten, war ich Frau Kashani nicht mehr begegnet.

Der Laden war nicht zu übersehen, was an der türkisfarbenen Markise lag. In orientalisch anmutender Schrift war darauf zu lesen: *Pari - Persische Speisen und*

Lebensmittel.

Ich fragte mich, was Pari bedeutete und trat ein. Hinter dem Verkaufstresen stand Frau Kashani in ein Gespräch mit einer Kundin vertieft, sie schien mich nicht zu bemerken. Hinter ihr ragte ein Regal bis zur Decke, prall gefüllt mit Lebensmitteln. Eine Ordnung konnte ich nicht erkennen, Seite an Seite standen da Pistazien, eingelegte Weinblätter, Döschen mit Safran, Tüten mit Bockshornklee, mehrere Reiskochtöpfe und Samoware in unterschiedlichen Größen, dann wieder Gläser mit Gewürzen und Kräutern, 5 kg-Säcke mit Reis. Nur die Süßigkeiten drängten sich aneinander, als wollten sie um nichts in der Welt auseinandergerissen werden. Ich nickte ihnen zu, wie alten Bekannten, der runden Dose *Sohan* aus Ghom, der Schachtel *Gaz* aus Isfahan und der Packung *Sulbija*, das traditionelle Spritzgebäck, bei dessen Zubereitung sich Mutter einmal die Hände mit heißem Öl verbrannt hatte. Zur Linken waren Regale mit Büchern in Persischer Sprache, daneben Musik-CDs und DVDs von iranischen Filmen. Ich konnte mich gar nicht satt sehen in dem Laden, ging weiter hinein und entdeckte vier kleine Tische mit weißen Stofftischdecken, auf denen neben Väschen, in denen jeweils eine rote Rose steckte, Salz- und Pfefferstreuer sowie ein Behälter mit *Somagh* angeordnet waren. An einem der Tische saß ein junges Paar beim Mittagessen.

„*Salam Agha je Hamidzadeh*", hörte ich eine angenehme Stimme hinter meinem Rücken.

Frau Kashani trug wie bei unserer ersten Begegnung einen weiten Wollpullover und Jeans, das war
offenbar ihr bevorzugtes Outfit. Sie schien sich über
meinen Besuch zu freuen. Ob ich mich schon etwas
umgesehen habe. Jetzt, so wie sie vor mir stand, ohne
ihre Nichte neben ihr, wirkte sie jünger, als ich sie in
Erinnerung hatte. Ihr rundes Gesicht und die man-
delförmigen Augen erinnerten mich an Frauengestal-
ten in persischen Miniaturen.

„*Gratuliere*", sagte ich und merkte, wie sehr sie sich
freute.

Sie habe den Laden vor zehn Jahren eröffnet. Anfangs hätte sie nur Lebensmittel verkauft, dann sei sie
auf die Idee gekommen, auch einen Mittagstisch für
Studenten und Angestellte anzubieten. Die Nachfra-
ge sei gut gewesen, sagte sie, aber der Aufwand habe
den Ertrag nicht gerechtfertigt. Was sie rettete, war
die Idee, Speisen auszuliefern. Von da zum Catering
für große Einladungen und Feste war es nicht weit.
Jetzt trüge das Catering den Rest des Geschäfts, und
sie könne gut davon leben. Ich stellte mir vor, wie
Reza in dem alten Renault vor dem Laden hielt und
Boxen mit fertigen Speisen einlud.

„*Haben Sie etwas von Reza gehört?*"

Meine Frage ging ins Leere, denn Frau Kashani
ließ mich, eine Entschuldigung murmelnd, stehen,

um einen Kunden zu bedienen.

Reza war nun seit drei Wochen fort. In normalen Zeiten dürfte es nicht allzu viel Zeit erfordern, ein Touristenvisum für Deutschland zu erlangen. Aber die Zeiten waren nicht normal, und Reza hatte sich entschieden, ausgerechnet über die Türkei wieder einzureisen, so wie zigtausend Syrer, Afghanen, Iraker und andere, die sich auf den Weg nach Norden gemacht hatten. Vermutlich wurde das Deutsche Konsulat in Istanbul von Antragstellern überrannt. Dass er nach allem, was er in Iran erlebt hatte, nicht wieder dorthin zurückwollte, war allzu verständlich. Ich dachte an unser letztes Treffen im Café Laumer.

Das Kaffeehaus war voll, der Geräuschpegel hoch, Reza aber sprach so leise, als fürchte er, jemand könnte uns belauschen, fast flüsterte er. Ich musste mich vorbeugen, um keines seiner Worte zu verpassen.

„Kaum hatten Forugh und ich das Polizeirevier betreten, packte mich ein Uniformierter am Arm und schob mich in einen Raum, wo ein in Hemd und Sakko gekleideter Mann mit Vollbart hinter einem Schreibtisch saß. Der Bärtige wies wortlos auf einem Stuhl, ich setzte mich."

Vor meinem geistigen Auge erschien eine Szene aus einem iranischen Film, den ich kürzlich gesehen hatte. Ein Kleinkrimineller wurde verhört, er zitterte, verschränkte die Arme und zog die Schultern hoch. Der Raum war fensterlos, die Wände waren in hellblauer Farbe gestrichen, die bereits an einigen Stellen abbröckelte und weiße Flecken hinterließ, an der Stirnseite hingen die gerahmten Porträts von Ayatollah Khomeini und des Revolutionsführers Khamenei. Das Mobiliar bestand aus nichts weiter als einem Schreibtisch, hinter dem der Vernehmungsbeamte saß, davor ein Stuhl, beides aus Metall. Ich hatte auf YouTube *„Iranian movie"* in die Suchfunktion eingegeben und unter den angezeigten Streifen gleich den erstbesten angeklickt.

„Der Typ in Uniform, der mich hineingeführt hatte, trat zurück, ich konnte ihn nicht mehr sehen, es machte mich nervös, dass jemand hinter mir stand. Der Bärtige betrachtete mich mit eingefrorenem Gesicht, ich musste wegsehen."

Das hier würde er irgendwie überstehen, sagte sich Reza, aber was war mit Forugh? Er betete, ihr möge nichts Schlimmes angetan werden. Sie war von der Verschleierten, die bei der Festnahme dabei gewesen war, fortgeführt worden. Ob sie nur von der Frau verhört wurde oder auch von Männern, fragte er sich. Je länger der Bärtige schwieg, desto unruhiger wurde er. Kaum hob er den Blick, begegnete er den harten Augen seines Gegenübers. Endlich sprach der Mann.

„Er sagte in ruhigem Ton, Forugh und ich seien mehrmals beobachtet worden, wie wir einen Wohnturm gemeinsam betreten und Stunden später wieder gemeinsam verlassen hätten. Wir würden weder dort wohnen noch seien wir verheiratet, stellte er fest. Was wir dort miteinander getrieben hätten, stehe ebenfalls außer Frage.

,Wir haben Kommilitonen besucht', krächzte ich und bereute sogleich, unaufgefordert gesprochen zu haben.

,Aha, Kommilitonen. Und das zweimal die Woche für etwa zwei Stunden?', fragte er nach, und ich merkte, dass ich ihm in die Falle gegangen war. Denn als Nächstes wollte er wissen, wie meine Freunde hießen und in welcher Wohnung sich das Bordell befinde. Er sagte tatsächlich Bordell, Agha je Hamidzadeh."

Reza schüttelte empört den Kopf.

„Wie hast du reagiert?", fragte ich. Wie würde ich mich in einer solchen Lage verhalten, ging es mir durch den Kopf.

Reza schob sich erst einmal ein Stück von seiner Linzer Torte in den Mund, als müsse er sich stärken für das, was nun kam.

„Wir seien eine Lerngruppe, wir hätten uns gemeinsam für eine Prüfung an der Universität vorbereitet, sagte ich. Das hatte ich mir auf der Fahrt zum Revier so zurechtgelegt. Jetzt, da ich es aussprach, merkte ich, wie lächerlich es klang. Der Bärtige nickte väterlich und meinte, das sei löblich. Dann könne ich ihm ja sagen, wem die Wohnung gehöre, wo wir angeblich gelernt hätten."

Das wisse er nicht, antwortete Reza, der Hausherr sei nie da gewesen. Der Bärtige blickte über ihn hinweg. Im nächsten Augenblick spürte Reza einen Schlag gegen den Hinterkopf, flog nach vorne und prallte mit der Stirn gegen die Kante des Schreibtischs. Ein scharfer Schmerz durchfuhr seinen Kopf, Blut tropfte auf seine Hände.

„Der Bärtige blieb bei seinem väterlichen Ton. Er sei ein viel be-

schäftigter Mann. Jetzt hätte ich die Gelegenheit zu sprechen. Ich solle ihm sagen, wem die Wohnung gehöre, dann lasse er mich gehen.«

Er wüsste es nicht, keuchte Reza und versuchte mit dem Ärmel seiner Jacke das Blut aufzuhalten.

›Gut, wie du willst. Am Ende wirst du sprechen. Alle sprechen am Ende, glaub mir‹, sagte der Mann hinter dem Schreibtisch und nickte dem Uniformierten zu. Der packte Reza am Arm und schob ihn zur Tür hinaus.

Frau Kashani kam zurück zu mir. Ob ich schon zu Mittag gegessen habe, es gäbe *Polo Choreschte Ghejme Badamjan* und als vegetarische Alternative Krauterpfannkuchen. Nichts lieber als das, bedankte ich mich und bestellte das Auberginengericht. Sie leistete mir beim Essen Gesellschaft, wobei sie den Ladeneingang im Blick behielt.

„Hier gibt es alles, was Iraner brauchen, um in der Fremde zu überleben", setzte sie unser unterbrochenes Gespräch fort.

„Sogar geistige Nahrung", sagte ich.

Die Bücher könne man ausleihen, erklärte Frau Kashani. Sie verdiene zwar nichts damit, aber es stärke die Kundenbindung. Außerdem schlage sie damit zwei Fliegen mit einer Klappe, denn für die Bücher habe sie zu Hause keinen Platz mehr gehabt. Die hätten sich im Laufe der Jahre bei ihr angesammelt. Die Regale quollen über, auf dem Fußboden stapelten sich Romane und Lyrikbände, sie musste aufpassen, nicht darüber zu stolpern. Sie lese in jeder freien Minute.

„Was lesen Sie denn gerne?", fragte sie mich.

„Entschuldigen Sie, können wir Deutsch sprechen? Das ist einfacher für mich."

Leider hätte ich zu wenig Zeit dazu, bekundete ich. Romane las ich nur auf den langen Flügen nach Lateinamerika oder Asien. Vor dem Abflug kaufte ich mir am Frankfurter Flughafen einen Roman. Er musste spannend sein, das war das wichtigste Kriterium, damit er die langen Flugstunden über den Ozean oder die asiatische Landmasse füllte, auf Umsteigeflughäfen die Wartezeit verkürzte und mir half, nach einem Tag voll anstrengender Termine auf andere Gedanken zu kommen.

„Zuletzt habe ich einen Roman von Graham Greene gelesen", sagte ich aufs Geratewohl. Denn sowohl Autoren als auch Titel der Romane konnte ich mir meistens nicht merken.

„Sie können sich gerne in meiner Leihbibliothek bedienen", bot sie mir an.

„Ich lese nur auf Englisch oder Spanisch."

„Alle Achtung! Und Persisch?"

Ich sei Analphabet, sagte ich, woraufhin sie lachte.

„Und ich bin die Kaiserin von China."

Wenn sie lachte, konnte sie tatsächlich als Chinesin durchgehen. Sie schien es auch zu wissen.

„Ich bin hier aufgewachsen. Lesen und schreiben auf Persisch habe ich nie gelernt", stellte ich klar.

Vater hatte zwar ständig seine Exilzeitung oder einen Gedichtband zur Hand, aber er tat nichts, damit Hamid und ich lesen und schreiben in unserer Muttersprache lernten. Es war bei uns zu Hause nie ein Thema. Dieser Widerspruch fiel mir erst im Erwachsenenalter auf. Als ich Vater nach den Gründen fragte, zuckte er nur die Schultern, wir hatten erst einmal in der Schule zurechtkommen sollen, das sei das Allerwichtigste gewesen. Von uns drei Kindern beherrschte nur meine Schwester Azadeh die schriftliche Muttersprache einigermaßen, sie hatte immerhin fünf Jahre lang in Teheran die Schule besucht. Ich wurde erst in Frankfurt eingeschult, und Hamid war hier zur Welt gekommen.

„Es ist nie zu spät", sagte Frau Kashani.

„Meinem Vater würde Ihre Leihbibliothek gefallen."

„Bringen Sie ihn doch mal mit."

Da kam mir eine Idee.

„Gibt es bei Ihnen auch *Chello-Kabab*? Mit Kebab aus Hackfleisch? Das kann er nämlich gut kauen. Und haben Sie persisches Eis? Davon schwärmt mein Vater immer."

„Ja, klar. Sagen Sie mir einen Tag vorher Bescheid."

„Er hat bald Geburtstag. Sie und Forugh sind herzlich eingeladen. Wir feiern in der Seniorenresidenz."

„Nein, wir feiern hier. Wir sind doch jetzt eine Familie."

„Danke, aber das kann ich nicht annehmen", sagte

199

ich aus einem Reflex heraus.

„Doch, das müssen Sie."

Sie klang so entschieden, dass ich zusagte und mich überschwänglich bedankte.

„Er sitzt allerdings im Rollstuhl. Da müssen wir uns wegen der Stufen am Ladeneingang etwas einfallen lassen."

„Kein Problem. Reza soll zwei Bretter hinlegen, dann rollt er ihn bequem hinauf."

„Ist Reza denn zurück?"

„Wieso? War er denn weg?"

Es kamen wieder Kunden, sie sprang auf und ich aß meinen Teller leer, wartete voller Ungeduld, dass sie zurückkäme. Schon wieder Unklarheit, was mit Reza war. Mein Smartphone klingelte. Frau Schubert wunderte sich, wo ich bliebe, unser lokaler Partner aus Marokko sei eingetroffen. Ich legte einen Zwanzig-Euro-Schein auf den Tisch, winkte Frau Kashani zum Abschied zu und beeilte mich, zurück ins Büro zu gelangen.

20

Reza hatte Frankfurt nie verlassen. Das erfuhr ich bei meinem nächsten Besuch im Laden von Frau Kashani. Allmählich verlor ich die Geduld. Neben dem Ärger machte ich mir auch immer mehr Sorgen. Ich wollte endlich Gewissheit haben, wo der Junge steckte. Auf mein mehrfaches Klingeln an der Haustür in der Robert-Mayer-Straße 25 hatte niemand geöffnet, und meine Nachrichten auf seiner Mailbox blieben unbeantwortet.

Kaum hatte ich den Laden betreten, vergaß ich, warum ich gekommen war. Denn als ich „Guten Tag, Frau Kashani" sagte, bestand sie als Erstes darauf, fortan mit mir nur noch Persisch zu sprechen. Das sei schöner, sagte sie. Ich wusste nicht recht, was ich darauf erwidern sollte, zuckte die Schultern und fühlte mich wie ein Schüler.

„*Dann müssen Sie aber Geduld mit mir haben, denn manchmal fehlen mir die richtigen Worte.*"

„*Mir auch*", sagte sie und lachte ihr Chinesenlachen.

Heute gäbe es *Chello-Kabab* zum Mittagessen, erklärte sie in verschwörerischem Ton. Als Vorbereitung auf das Geburtstagsfest meines Vaters, flüsterte sie hinter vorgehaltener Hand. Gegenüber den Käsebrötchen, die mir Frau Schubert immer besorgte, war das eine unermessliche Steigerung.

„*Ich frage mich, wie ich bisher ohne persisches Essen überlebt habe*", sagte ich.

„*Sie Armer. Die dürren Zeiten sind jetzt vorbei.*"

„*Ich muss aber aufpassen*", sagte ich und strich mir über den Bauch.

„*Was soll ich da sagen?*", erwiderte sie mit gespieltem Kummer an sich herabblickend.

Auf ihre Figur hatte ich noch nicht geachtet. Trug sie so weite Pullover, um ihre Fülle zu verbergen? Nein, das glaubte ich nicht.

„*Was bedeutet eigentlich Pari?*", hörte ich mich fragen.

„*Pari ist die Abkürzung von Parvaneh.*"

„*Und warum heißt Ihr Laden so?*"

„*Weil ich so heiße. Sie können mich gerne Pari nennen, das ist nicht so förmlich.*"

„*Ich heiße Abbas.*"

„*Ihre Frau nennt sie aber anders.*"

„*Auf Deutsch heiße ich Abbe, auf Persisch Abbas.*"

„*Ich heiße in allen Sprachen der Welt einfach nur Pari.*"

„*Dann können wir auch zum Du übergehen, oder?*"

„*Wenn Sie das möchten*", antwortete sie plötzlich zurückhaltend, und ich fühlte mich schon wieder wie ein Schüler.

Sie brachte mir den Teller mit Safranreis mit Kebab und einer Grilltomate und begab sich an den Verkaufstresen. Es waren neue Kunden eingetroffen. Pari begrüßte sie wie alte Freunde, kein Wunder, dass der Laden brummte.

Es dauerte, bis Pari wiederkam. Sie fragte, ob es mir geschmeckt habe. Etwas anderes als meine begeisterte Bestätigung schien sie nicht erwartet zu haben. Sie nickte wohlwollend, verschwand und kam mit einem Schälchen mit persischer Eiscreme zurück.

„*Test Nummer zwei*", sagte sie, stemmte die Hände in die Taille und wartete, bis ich den ersten Löffel zum Mund geführt hatte.

„*Und?*"

„*Fantastisch.*"

Ich bat sie, sich einen Moment zu mir zu setzen, ich wolle mit ihr über Reza sprechen. Die anderen Restaurantgäste waren schon gegangen, und auch sonst waren gerade keine Kunden da. Reza sei nicht nach Istanbul geflogen, gab sie zu, vielleicht habe er es nie vorgehabt, sie wisse es nicht. „*Ich kann es ihm jedenfalls nicht verdenken. Nach allem, was Forugh und er durchgemacht haben, konnte er sie doch nicht wieder allein lassen"*, sagte sie mit der größten Selbstverständlichkeit und erzählte.

„Kaum im Verhörraum angekommen, klärte Forugh die Be-
amtin darüber auf, wer ihr Vater sei. Sie bestehe darauf, dass er
unverzüglich verständigt werde."

„Immerhin wurde sie von einer Frau verhört und nicht von
einem Mann", warf ich ein.

„Von einer Frau mit der Statur einer Kugelstoßerin, wie
Forugh erzählte. Mit einem Satz war die Polizistin bei ihr,
drückte ihr die Kehle zu und schrie ihr ins Gesicht ‚Halt die
Fresse, du Schlampe'. Erst als sie röchelte und mit den Armen
ruderte, ließ die Kugelstoßerin von ihr ab und stieß sie von
sich weg. Forugh erkannte, dass es keinen Zweck hatte, sich
mit ihr anzulegen. Sie machte Angaben zu ihrer Person, ohne
zu widersprechen. Anschließend wurde sie in eine Einzelzelle
gesperrt."

Wieder musste ich an den iranischen Film denken, den ich auf YouTube entdeckt hatte. Der Häftling wurde in einen stickigen kleinen Raum gebracht, in dem sich nichts weiter befand als eine niedrige Liege aus Metall, am Boden festgeschraubt, darauf eine fleckige Matratze und ein zusammengefaltetes Laken, das früher einmal weiß gewesen sein musste. Er beugte sich darüber und wandte sich mit angewiderter Miene ab. In der Ecke befand sich ein Loch zur Verrichtung der Notdurft, aus dem Kakerlaken krochen, über den Zementboden flitzten und unter der Türschwelle verschwanden. Der Häftling setzte sich auf den Boden, abseits des Pfads der Kakerlaken und so weit wie möglich von dem Loch entfernt. Das Ungeziefer ließ er nicht aus den Augen. In der Zelle staute sich die Hitze des Tages, er wischte sich unablässig den Schweiß von der Stirn und kratzte sich.

„Sie können sich nicht vorstellen, welcher Schock das für Forugh gewesen sein musste", sagte Pari. *„Zeit ihres Lebens war der Name ihres Vaters für sie Eintrittskarte und Schutzschild in einem gewesen. Niemand hatte es gewagt, ihr Hindernisse in den Weg zu legen oder ihr Schaden zuzufügen. Nun wurde sie behandelt wie eine Kriminelle."*

Pari beugte sich vor. *„Da ist noch etwas, das Sie als Mann vielleicht nicht verstehen werden. Ich weiß es aus eigener Erfahrung. Wenn eine Frau ihre Liebe verheimlichen muss, ständig fürchten muss, erwischt zu werden, wenn allein schon eine Berührung auf der Straße ein Delikt ist, dann wird das Gefühl, etwas Unrechtes zu tun, zu ihrem ständigen Begleiter. Wenn sie dann nach einem Treffen mit ihrem Geliebten, mit dem sie gerade Sex hatte, festgenommen, verhört und beschimpft wird wie eine Hure, dann fühlt sie sich tatsächlich wie eine. Und dann haben diese Verbrecher ihr Ziel erreicht."*

Doch, ich verstand das, so schwer war es nicht. Ich nickte zustimmend und sie erzählte weiter.

„Irgendwann tief in der Nacht wurde sie wieder aus der Zelle herausgeholt."

Ich stellte mir vor, wie schwere Stiefel zu hören waren, ein Schlüssel ins Schloss gesteckt wurde, und Forugh sich in einer Ecke zusammenkauerte, den Schleier weit über den Kopf zog und betete, dass ihr die Männer nichts antun würden.

„Sie wurde in einen Büroraum geführt, wo ihr Vater zusammen mit dem Leiter des Polizeireviers saß und rauchte. Wie Forugh später erfuhr, hatte ihr Vater, nachdem sie um 22 Uhr immer noch nicht nach Hause gekommen war und Nachfragen bei Verwandten und Freunden zu keinem Ergebnis geführt hatten, ein, zwei Anrufe getätigt. Drei Stunden später wusste er, wo seine Tochter festgehalten wurde. Er setzte sich selbst hinter das Steuer seines Autos und fuhr zum Polizeirevier in Parand. Beim Verlassen des Reviers steckte er dem Revierleiter ein paar Dollarscheine zu. Mein Schwager ist nicht der Typ, der herumbrüllt. Das hat er nicht nötig. Noch im Auto erklärte er Forugh, sie werde den jungen Mann nie wiedersehen.“

Eine Kundin betrat den Laden. Pari bat mich um einen Moment Geduld. Mit halbem Ohr hörte ich, wie sie sich auf Persisch nach dem Befinden der Dame erkundigte. Meine Gedanken kehrten zu dem Treffen mit Reza im Café Laumer zurück. Es hatte länger gedauert als die zwei Stunden, die ich eingeplant hatte. Nach und nach leerte sich das Café, es wurde ruhiger und ich begann zu verstehen, was dem Jungen widerfahren war.

„Sag mal, ist euch eigentlich nie aufgefallen, dass Forugh und du beobachtet wurdet?", fragte ich ihn.

„Glauben Sie mir, diese Frage habe ich mir selbst tausendmal gestellt. Scheibchen für Scheibchen habe ich diesen Nachmittag und all die vorherigen Treffen zerlegt, das Parken meines Taxis in einer Seitenstraße, der Fußweg zum Hochhaus, die Aufzugfahrt hinauf zu Hosseins Wohnung und der gleiche Weg zurück. Um diese Uhrzeit waren nur wenige Leute in der Siedlung unterwegs, im Aufzug waren wir immer allein. Forugh und ich haben keinem Menschen von unseren Treffen erzählt. Ich weiß wirklich nicht, woher der Hinweis kam, und das, Agha je Hamidzadeh, ist besonders beängstigend. Es ist wie ein Unfall aus heiterem Himmel, wie wenn ein Auto plötzlich in Ihres hineinknallt, und Sie haben es nicht kommen sehen."

Vater hatte damals nach dem Putsch gegen Mossadegh stets mit dem Äußersten gerechnet und Vorkehrungen getroffen. Das hatte er oft erzählt. Kaum war der erste demokratisch gewählte Ministerpräsident des Iran gestürzt worden, begann die Hetzjagd auf seine Anhänger. Vater schaffte es, nie in die Fänge des Geheimdienstes zu geraten, oder hatte er einfach nur Glück gehabt? Einige seiner Gefährten wohl nicht, er sah sie nie wieder. Es ginge immer um Verrat, hatte mir Vater erklärt, wenn sie dich ins Gefängnis oder in den Folterkeller sperren, fragst du dich unablässig, wer dich verraten hat, und ehe du dich versiehst, wirst du selbst zum Verräter.

Reza beobachtete mich, als warte er auf eine Entgegnung von mir.

„Ich kann dich gut verstehen", sagte ich. *„Wie ging es nach deinem Verhör weiter?"*

„Ich wurde in eine Gemeinschaftszelle gesperrt."

„Oh je", entfuhr es mir. Wenn ich ins Gefängnis müsste, wäre für mich die Bedrohung durch Mithäftlinge der größte Schrecken. Ich hatte genug Filme gesehen, in denen Gefängnisszenen vorkamen. Und jedes Mal war ich froh gewesen, dass mir nichts dergleichen widerfahren war. Man wusste nie, welche Wendungen das Leben nehmen konnte.

„Ach, es war nur ein Haufen armer Gestalten in verschlissenen Kleidern", sagte Reza, als hätte er meine Gedanken gelesen. *„Die Männer lehnten an der Wand oder saßen auf dem Zementboden. Gefährlich sahen die nicht aus, eher erschöpft. Das Schlimmste an ihnen war ihr Körpergeruch. Ich war froh, dass mich keiner ansprach."*

Reza nippte nachdenklich an seinem Tee.

„Meine Kopfschmerzen waren auszuhalten, schlimmer war der Schwindel. Ich ließ mich sicherheitshalber auf dem Boden nieder. Alles drehte sich, die Zellentür, die Männer in meinem Blickfeld, ich schloss die Augen. Von den zwei Neonröhren an der Decke flackerte eine und gab ein Surren von sich. Das Geräusch machte mich wahnsinnig, ich steckte mir die Finger in die Ohren. Plötzlich war ich so unfassbar müde. Als ich wieder aufwachte, war alles wie zuvor, das zuckende Licht, die ausgezehrten Gesichter, Augen, die an mir vorbeischauten. Die Zellentür bewegte sich

nicht mehr, immerhin. Meine Armbanduhr und mein Handy hatte man mir abgenommen. Bei unserer Festnahme war es später Nachmittag gewesen, mehr wusste ich nicht."

Rezas Gedanken drehten sich bald im Kreis. Das Nicht-Vergehen der Zeit zermürbte ihn. Er wollte nur noch raus aus dieser Zelle, sollten sie ihn doch weiter verhören, alles wäre besser als das hier. Als von draußen Geräusche zu vernehmen waren und ein Schlüssel ins Schloss gesteckt wurde, kam Bewegung in die Zelle, alle richteten sich auf. Reza ging nach vorne zur Tür, wurde von einem jungen Kerl zurückgestoßen, fiel hin und schlug sich das Knie auf. Ein Uniformierter packte Reza am Arm, zerrte ihn auf die Beine und führte ihn hinaus.

„Im Verhörraum saß wieder der Bärtige, als wäre er dort festgewachsen. Allerdings trug er jetzt ein anderes Hemd.

‚Woher kennst du Hossein Zamandar?', herrschte er mich an.

Ich versuchte mir nichts anmerken zu lassen.

‚Wer soll das sein?', erwiderte ich.

Hossein Zamandar würde mich kennen, behauptete er. Ich blieb dabei, keine Ahnung zu haben. Und dann stellte er mir eine Falle und ich Idiot tappte hinein.

‚Du und deine Begleiterin wart nicht die Einzigen. Wusstest du das?', fragte er.

‚Nein', platzte es aus mir heraus.

‚Also gibst du es zu.'

Ich überlegte noch, was ich entgegnen könnte, da meinte er, ich könne gehen. Wie bitte? Ich war sicher, mich verhört zu haben und blieb einfach sitzen.

‚Na los. Verschwinde und lass dich hier nicht mehr blicken‘, schrie er mich an.

‚Was ist mit meiner Freundin?‘, fragte ich.

Die sei längst frei, hörte ich ihn sagen."

Sein Taxi stand noch an der gleichen Stelle. Reza fuhr auf direktem Weg zu Forughs Haus. Niemand öffnete ihm, obwohl es hell erleuchtet war. Er sprach auf ihre Mailbox, bat um Rückruf, wartete im Auto. Es wurde dunkel, die Nacht brach an, in Forughs Haus gingen nach und nach die Lichter aus, Reza klappte den Fahrersitz nach hinten und fiel in einen tiefen, traumlosen Schlaf.

Forugh meldete sich am nächsten Morgen. Das Klingeln seines Handys weckte ihn. Das Display zeigte eine fremde Nummer. „Ja?", meldete er sich. Forugh flüsterte. Es gehe ihr gut, ihr sei nichts geschehen. Aber nun dürfe sie ihn nicht mehr sehen. Sie melde sich wieder, sie liebe ihn über alles. Dann war Stille, sie hatte aufgelegt.

Pari stellte zwei Gläschen dampfend heißen Tees auf den Tisch. Ich schaute mich um und entdeckte in einer Ecke einen hübschen Samowar mit dickem Bauch und einem zierlichen Kännchen obendrauf.

„So, ich hoffe, wir werden nicht gleich wieder unterbrochen", sagte sie und nahm mir gegenüber Platz.

„Die beiden durften sich also nicht wiedersehen", knüpfte ich an unser Gespräch an.

„*Das war eine schwere Zeit für Forugh, sie dachte, es sei das Ende ihrer Liebe,*“ erwiderte Pari und hielt inne, als denke sie nach. „*Ihr Schicksal erinnert mich an so manches, was ich selbst erlebt habe.*“

„*Ja? Inwiefern?*“, fragte ich nach, vielleicht zu ungestüm. Sie sah mich überrascht an.

„*Das war in einem anderen Leben*“, sagte sie schließlich und winkte ab.

Wieder verfiel sie in Schweigen. Und dann öffnete sie die Tür zu Ihrer Vergangenheit einen Spalt breit.

„*Kennen Sie dieses Gedicht?*“, fragte sie und hob ihre Stimme an:

„Mein Herz ist bedrückt
Mein Herz ist bedrückt

Ich trete auf den Balkon, meine Finger streichen
Über die gespannte Haut der Nacht
Die Lampen der Beziehungen sind erloschen
Die Lampen der Beziehungen sind erloschen

Niemand wird mich
Der Sonne vorstellen
Niemand wird mich
zu den Gastmählern der Spatzen mitnehmen

Behalte den Flug im Gedächtnis!
Der Vogel ist sterblich.“

Sie schaute mich an, ruhig und traurig. Warum dieses Gedicht, fragte ich mich. Was mochte sie erlebt haben? Meine Güte, diese Augen.

„*Wunderschön*", sagte ich, erwiderte ihren Blick und spürte wie mir warm wurde.

Sie sah sofort zur Seite und murmelte: „*Von Forugh Farrochsad.*"

Ich nickte und konzentrierte mich nun meinerseits auf die Betrachtung der Verkaufstheke. Dass die Verse von Forugh Farrochsad waren, hatte ich vermutet und war stolz darauf, alles verstanden zu haben, was bei klassischen Gedichten, die Vater früher zu rezitieren pflegte, fast nie der Fall gewesen war. Forugh Farrochsad kannte ich seit meiner Studienzeit und besaß sogar einen Band mit der deutschen Übersetzung ihrer Gedichte.

„*Wie war denn dieses andere Leben, von dem Sie eben sprachen?*", wollte ich wissen und bereute es im gleichen Moment. Denn sie überging einfach meine Frage und erzählte stattdessen die Geschichte von Forugh und Reza einfach weiter.

Nachdem die beiden wieder aus dem Gefängnis freikamen, sollte Forugh für eine gewisse Zeit ins Ausland gehen, dort ihr Studium fortsetzen, natürlich unter Aufsicht, das hatten ihre Eltern so entschieden, erzählte Pari. Bis es so weit sei, musste sie Teheran verlassen.

„*Mein Schwager ließ sich ihr Smartphone geben. Zu Hau-*

se wurde ihre Zimmertür verschlossen, am nächsten Tag flog sie in Begleitung ihres Bruders zu einem Onkel nach Schiras. Der behielt sie im Auge und überwachte jeden ihrer Schritte. Mit Hilfe seiner Hausangestellten besorgte sich Forugh ein altes Nokia-Handy. Sie rief umgehend Reza an. Der stieg noch am gleichen Tag in sein Taxi und fuhr mehr als 900 km nach Schiras. Nun konnten sie sich wenigstens von der Ferne sehen, wenn Forugh mit der Frau des Onkels im Eram-Garten spazieren ging, im Vakil Basar oder einem der neu entstandenen modernen Einkaufzentren Besorgungen machte. Sie sagte ihrem Geliebten vorab Bescheid, und der lief dann wie zufällig an ihr vorbei, sie sahen sich für Sekunden und träumten wahrscheinlich den Rest des Tages und der darauffolgenden Nacht von diesem einen Augenblick. Gleich bei der ersten Begegnung fiel Forugh die Narbe auf Rezas Stirn auf. Später rief sie ihn von der Toilette aus an, fragte, weinte.“

„Guten Tag“, hörte ich eine männliche Stimme, und ehe ich mich versehen hatte, war Pari aufgestanden. Der Kunde, ein junger Mann, wohl Student, erklärte umständlich, er suche eine bestimmte persische Süßigkeit, wüsste aber nicht, wie sie heiße. Ich trank derweil meinen Tee aus. Mein Smartphone vibrierte, ich schob es von mir weg. Das hier war wichtiger. Ich wunderte mich, wie genau Pari jede innere Regung ihrer Nichte wiedergab, ganz so als sei sie dabei gewesen. Vielleicht malte sie manches auch aus, überlegte ich, wer weiß.

213

Ich verspürte einen Luftzug, sah auf, Pari war wieder da. Als wären wir gar nicht unterbrochen worden, fuhr sie fort:

„Dann hatte sie eine Idee. Anstatt ihre Zeit zu verschwenden, könnte sie an der Universität einen Englischkurs belegen, schlug sie dem Onkel vor. Der war begeistert und meldete sie an. Er fuhr sie zweimal die Woche hin und holte sie drei Stunden später wieder ab. Kaum war er außer Sichtweite, fuhr Reza vor. Sie fanden außerhalb der Stadt ruhige Stellen, wo sie unbeobachtet waren. Wenn der Onkel wieder pünktlich auf den Parkplatz der Universität erschien, trat sie aus dem Gebäude, die Bücher unter dem Arm, ganz und gar Studentin."

Ich musste grinsen. *„Das hätte ich Forugh gar nicht zugetraut"*, sagte ich.

„Oh ja, sie ist ein toughes Mädchen. Na ja, und dann kam ich ins Spiel. Von einem Tag auf den anderen wurde sie ins Flugzeug gesetzt und zu mir nach Frankfurt geschickt. Mich hatte meine Schwester vorab informiert, so dass ich alles vorbereiten konnte."

„Sie haben ein enges Verhältnis zueinander", stellte ich fest.

„Das kann man wohl sagen", antwortete sie etwas geheimnisvoll.

Doch dann erzählte sie.

Pari hatte sich, seit Forugh auf der Welt war, um das Kind bemüht. Einmal im Jahr flog sie nach Teheran und brachte ihrer Nichte Spielsachen, Kleider und später Make-up aus Deutschland mit. Kaum war das Mädchen alt genug dafür, unternahm sie mit ihr

Ausflüge und Reisen an das Kaspische Meer, nach Isfahan oder an den Golf.

„Es war einfach schön, sie nun bei mir zu haben", fuhr Pari fort. „Sie richtete sich bei mir ein, half mir im Laden und begann Deutsch zu lernen. Reza versprach, so schnell wie möglich nachzukommen. Jeden Abend pünktlich um 19 Uhr schloss sie die Tür des kleinen Gästezimmers hinter sich und skypte mit ihm. Sie behauptete, sie spreche mit ihren Eltern, aber ich durchschaute das Spiel natürlich.

Etwa einen Monat nach ihrer Ankunft in Frankfurt klagte Forugh über ein Ziehen im Unterleib. Vielleicht eine Eierstockentzündung meinte sie, die habe sie schon einmal gehabt, sie kenne diese Schmerzen. Ich nahm sie mit zu meiner Frauenärztin, und die stellte fest, dass die junge Frau in der vierten Woche schwanger war."

Erst tat Forugh so, als irre sich die Ärztin, dann kam der Zusammenbruch. Kaum waren sie wieder in der Wohnung, schloss sich Forugh im Badezimmer ein. Von draußen hörte Pari ihr Schluchzen. Sie wartete, ließ ihr Zeit. Das Wehklagen wurde lauter, ging in Schreien über. Pari klopfte und redete ihr gut zu, bat sie, zu öffnen. Forugh verstummte, doch die Tür blieb zu. Die Stille beunruhigte Pari noch mehr als der Lärm. Sie stellte sich nun dicht an die Tür.

„Hab keine Angst, meine Kleine. Deine Eltern werden nichts davon erfahren, wenn du es nicht willst', versicherte ich ihr.

Ich sei immer für sie da, egal was geschehe, sagte ich mit dem Mund an der Badezimmertür. Kein Laut drang von dort.

Sie sei bei mir in Sicherheit, hier würde ihr niemand Schwie-
rigkeiten machen, versuchte ich sie zu beruhigen.

Ich sprach ins Leere, meine Sorge wuchs. Wollte sich das Mäd-
chen etwas antun? Sollte ich die Tür mit Gewalt öffnen? Da
hörte ich Wasserrauschen und atmete auf. Aus der Küche holte
ich mir einen Stuhl, rückte an die Badezimmertür heran und
erzählte von mir."

Pari war noch im zweiten Semester ihres Medizin-
studiums an der Universität von Teheran gewesen, da
verliebte sie sich in einen Wissenschaftlichen Mitarbeiter an ihrer Fakultät.

„Dass er verheiratet war, erfuhr ich erst, als ich schwanger war."

Die Tür wurde entriegelt, Forugh trat heraus und
Pari nahm sie in die Arme.

„Moment", unterbrach ich Pari, *„Du hast ein Kind?"*
„Ja."

Ich wartete darauf mehr zu erfahren.

„Forugh hatte Angst, es Reza zu sagen."

Ihre Nichte fürchtete, er würde nicht mehr nach
Deutschland kommen, wenn er es erführe, sie wollte
warten, bis er da sei und es ihm dann gestehen. Oder
solle sie gleich abtreiben, fragte die junge Frau und
brach wieder in Tränen aus. Was sollte sie bloß machen?

„Sprich mit ihm. Abtreiben kommt nicht in Frage", sagte ich
zu ihr.

Später erzählte sie mir, Reza habe sie ungläubig vom Display
ihres Smartphones angestarrt, als sie es ihm mitteilte. Schließlich

versicherte er ihr, er liebe sie nun doppelt, und Forugh atmete auf.
Er beeile sich, es dauere nicht mehr lange, dann sei er bei ihr.

Als er endlich kam, war sie schon im siebten Monat."

„*Verstehen Sie jetzt, warum er nicht nach Istanbul fliegen*
konnte?", fragte Pari.

„Nein. Das verstehe ich nicht. Jetzt kann es ihm
passieren, dass er abgeschoben wird, und dann kann
er Forugh auf lange Zeit nicht mehr sehen, jedenfalls
nicht in Deutschland. Daran hat er nicht gedacht",
sagte ich auf Deutsch.

„Wir wollten doch Persisch miteinander reden."

„Und wir wollten uns duzen."

„Sie wollten das."

„Gut, dann bleiben wir beim Sie."

Sie winkte ab.

„*Weißt du, was ich meine?"*, fragte ich, nun auf Persisch.

Sie sei nicht doof, erwiderte sie spitz. Das eine sei
die rechtliche Lage, das andere die menschliche. Sie
verschränkte die Arme und blickte nach unten, als
warte sie darauf, dass ich endlich gehe.

„*Ich muss los"*, sagte ich.

„*Keinen Tee mehr?"*, fragte sie erstaunt.

Ich setzte mich wieder.

Sie brachte zwei Tee und für jeden ein Stück Baklava.

„*Wie alt ist dein Kind"*, versuchte ich vorsichtig an
das zuvor Gesagte anzuknüpfen. Halb rechnete ich
damit, mir wieder eine Abfuhr zu holen.

„Meine Tochter ist 23. Du kennst sie."

Ich schnappte nach Luft. Forugh war ihr Kind.

Ihrem Liebhaber hatte Pari die Schwangerschaft verschwiegen. Sie traf sich weiterhin heimlich mit ihm, überschüttete ihn mit Zärtlichkeiten, er freute sich und ahnte nichts von ihrer Verzweiflung. Sie machte Andeutungen, und als er darauf nicht ansprang, fragte sie ihn geradeheraus, ob er sich ein Leben an ihrer Seite vorstellen könnte. Er wich aus, sie setzte nach. In die Enge getrieben, gestand er ihr, bereits verheiratet zu sein. Zu seiner Rechtfertigung schob er nach, in der von seinen Eltern arrangierten Ehe sei er unglücklich. Pari spuckte ihm ins Gesicht.

Jetzt erst erahnte sie das ganze Ausmaß der Katastrophe. Vor sich hatte sie den Abgrund und hinter sich die Bestien, die schon auf der Lauer lagen. Die Angelegenheit war brandgefährlich, Ehebruch und vorehelicher Geschlechtsverkehr wurden mit dem Tod durch Steinigung bestraft. Gut, Ali und sie waren nicht auf frischer Tat ertappt worden, es gab keine Zeugen. Aber konnten sie wirklich sicher sein, wenn ihre Liebschaft öffentlich würde? Alis Frau oder sein Schwiegervater, Schwager oder sonst ein Fanatiker könnte Leute bestechen, damit sie die Tat bezeugten. Brauchte es denn überhaupt Zeugen? War ihre Schwangerschaft nicht Beweis genug? Ali könnte alles leugnen, und am Ende wäre sie die Schlampe, die allein bestraft würde. Zu Hause schlich Pari um ihre Mutter herum und wagte es doch nicht, sich ihr anzuvertrauen. Die kam von selbst dahinter, die körperlichen Signale und das merkwürdige Verhalten ihrer Tochter blieben ihr nicht verborgen. Sie sprach mit ihrem Mann, und schon am nächsten Tag wurde Pari mit ihrer verheirateten Schwester nach Ramsar ans Kaspische Meer geschickt. Das Feriendomizil der Familie durfte sie bis zu ihrer Niederkunft nicht mehr verlassen. Ein goldener Käfig, durch hohe Mauern vor den Blicken Neugieriger geschützt machte sie Spaziergänge in dem parkähnlichen Garten, las, sah sich im Satellitenfernsehen persischsprachige Shows aus Kalifornien an und weinte. Als das Baby da war, nahm es ihre Schwester an sich und fuhr zurück zu ihrem Mann nach Teheran. Das junge Ehepaar zeigte sich stolz mit ihrem Nachwuchs, und Pari wurde zum Studium nach Deutschland geschickt. Hier angekommen, brach sie zusammen.

„*Weiß sie es?*", fragte ich.

Nein, Forugh dürfe es unter keinen Umständen erfahren, antwortete sie und fixierte mich aus zusammengekniffenen Augen. „*Niemand! Auch nicht Ihre Frau und erst recht nicht Reza.*"

„*Ich verspreche, es niemanden zu verraten. Aber hat sie nicht ein Recht darauf zu erfahren, wer ihre leibliche Mutter ist?*"

„*Abbas Agha*", erwiderte Pari in scharfem Ton, „*Sie sollten aufhören, immer nur geradeaus zu denken. Soll ich einer Dreiundzwanzigjährigen den Boden unter den Füßen wegzie-*

hen? Ihr sagen, alles was du über dich zu wissen glaubst, beruht auf einer Lüge? Dein Vater ist nicht dein Vater, und wo dein wirklicher Vater ist, weiß ich nicht. Deine Mutter ist nicht deine Mutter, und ich bin nicht deine Tante?"

Ich musste ihr recht geben.

"Es war ein Fehler, es Ihnen zu erzählen. Aber mit jemanden muss ich darüber sprechen. Jemanden, der Forugh kennt. Solange ich sie nur in den Ferien im Iran sah, konnte ich mir etwas vormachen, seit sie hier ist, schaffe ich es nicht mehr. Erst recht nicht, da ich nun auch Großmutter bin."

Sie schluchzte, holte Luft und dann brach der Damm, sie weinte, hielt beide Hände vor ihr Gesicht, ihre Schultern bebten. Ich saß betreten neben ihr, wagte es nicht sie zu trösten. Schließlich förderte ich aus meiner Anzugtasche ein Papiertaschentuch zutage und reichte es ihr. Sie riss es mir aus der Hand, schnäuzte sich ausgiebig und sah mich erwartungsvoll an.

"Was machen Ihre Kinder?", fragte sie.

"Wir haben keine, es sollte wohl nicht sein", antwortete ich mechanisch. Diese Frage begleitete mich mein halbes Leben lang, und es nahm kein Ende.

"Das tut mir leid."

Ich zuckte die Schultern. "Es gibt Dinge, die wir nicht in der Hand haben. Das ist schwer zu akzeptieren, aber es bleibt uns nichts anderes übrig."

"Wenn wir alles im Griff hätten, wäre das Leben vielleicht etwas langweilig, oder Abbas Agha?" Sie lachte bitter.

Am Abend rief ich Martin an und erzählte ihm das Neueste über Reza. Ob wir die Abschiebung verhindern könnten, fragte ich den Anwalt. „Schwierig", antwortete er, und ich fluchte innerlich. Doch dann sprudelte es aus ihm heraus.

21

Frau Schubert erwiderte meinen Gruß nicht, sondern herrschte mich an, wo ich denn um Himmels Willen gewesen sei. Mittagessen, erwiderte ich kühl, ihr Ton gefiel mir nicht.

„Gab es etwas? Anrufe? Wollte jemand etwas von mir?"

Mit beleidigter Miene reichte sie mir ein Blatt Papier, auf dem alle verpassten Anrufe mit genauer Uhrzeit notiert waren: Bruce Willemsen aus Kapstadt hatte dreimal angerufen, Uwe aus Johannesburg fünf-mal und Warnke aus Nairobi einmal. In Südafrika war etwas in Gang gekommen.

In meinem E-Mail-Eingang sprang mir sofort die Nachricht von Warnke ins Auge. In knappen Worten kündigte er seinen Beratereinsatz in Kenia, das entsprechende Schreiben sei per Kurier an mich unterwegs. Zur Begründung führte er aus, er könne aus familiären Gründen nicht weiter in Kenia bleiben. Mir war sofort klar, was wirklich dahintersteckte, Warnke wollte zurück nach Südafrika. Ich rief Bruce an. Der bestätigte meinen Verdacht und erklärte mir die Hintergründe. Schon bald, nachdem der neue Leiter der Kommission ins Amt gekommen war, hatte sein persönlicher Referent einer belgischen Consultingfirma den diskreten Hinweis gegeben, mit Warnke im Angebot hätten sie gute Chancen, den Teilnahmewettbewerb für ein neues Beratungsprojekt zu gewinnen. Die Kommission sollte dabei unterstützt werden, den Strukturwandel in den bisherigen Kohlerevieren zu gestalten. Interessante Sache. Ich kannte die Ausschreibung, schließlich hatten auch wir uns beworben und uns gute Chancen ausgerechnet. Und nun erfuhr ich von Bruce, dass die Belgier mit Warnkes Hilfe den Auftrag erhalten hatten. Ich war fassungslos über dessen Illoyalität und beschloss, mit Martin über mögliche rechtliche Schritte zu sprechen. Vorerst trieb mich jedoch eine andere Frage um. Warum lag dem neuen Direktor der Kommission so viel an Warnke? Es gab viele ausgezeichnete Energieexperten, warum wollte er mit aller Macht ihn?

„Er vertraut ihm. Aber da ist noch mehr", sagte Bruce.

„Und was könnte das sein?"

Bruce wusste es auch nicht, noch nicht, betonte er.

Kaum hatte ich aufgelegt, rief Uwe an, und ich sah weiteren Ärger auf mich zukommen. Ich behielt recht, auch Uwe kündigte. Er könne nicht länger warten, warf er mir an den Kopf.

„Moment, Uwe. Du kannst wieder deine alte Stelle als Leiter der Energieabteilung haben, die ist immer noch vakant, einen Nachfolger haben wir noch nicht gefunden."

Nein, ein Zurück gebe es für ihn nicht, antwortete er. Er bliebe in Südafrika, eine Nichtregierungsorganisation habe ihm eine attraktive Stelle angeboten, die würden auch seinen Aufenthaltsstatus regeln.

„Willst du dauerhaft in Südafrika leben?"

„Ich gehe hier nicht mehr weg."

Uwe, ein Aussteiger? Ich konnte es nicht glauben.

Innerhalb von wenigen Tagen hatte ich in zwei wichtigen Einsatzländern mein Schlüsselpersonal verloren. Ich ließ mich in meinen Schreibtischstuhl zurückfallen und bat Frau Schubert, mir eine große Kanne Tee zu bringen.

„So schlimm?", fragte sie, offensichtlich um Versöhnung bemüht. Garantiert hatte sie mitgehört.

Die Kanne Tee musste ich mit Reza teilen, denn der stand auf einmal in meinem Büro. Ich erschrak, hatte ihn gar nicht eintreten hören.

„I am very sorry to disturb you …".

„*Salam, komm rein, setz dich*", knurrte ich und verfluchte Frau Schubert, die es nicht für nötig gehalten hatte, ihn anzukündigen. Wieder wegschicken wollte ich den Jungen aber auch nicht. Nachdem mir Pari bestätigt hatte, dass er gar nicht ausgereist war, rang ich ihr das Versprechen ab, dafür zu sorgen, dass er sich bei mir meldet. Und jetzt war er da.

Wir können Persisch miteinander reden, sagte ich, und er solle aufhören sich zu entschuldigen. Ich setzte mich zu ihm an den ovalen Besprechungstisch. Als habe sie genau diesen Moment abgepasst, kam Frau Schubert mit einer Tasse für den jungen Mann herein, sah ihn freundlich an, schob die Schale mit den Keksen zu ihm herüber und fragte: „*Cookies?*"

„Danke!", sagte ich entschieden, sie zog sich mit hochgezogenen Augenbrauen zurück.

Ich ließ meinen Blick auf Reza ruhen, bis er anfing auf seinem Stuhl hin und her zu rutschen.

„*Agha je Hamidzadeh ..*", setzte er an.

„*Jetzt rede ich*", unterbrach ich ihn, „*Wenn ich etwas nicht leiden kann, ist es an der Nase herumgeführt zu werden. Es ist nicht das erste Mal, dass du es getan hast. Was fällt dir ein, von mir tausend Euro zu nehmen und dann gar nicht zu verreisen?*"

Reza zuckte, griff in seine Jackentasche, holte ein Bündel Geldscheine heraus und legte es auf den Tisch.

„*Entschuldigen Sie bitte. Hier sind Ihre tausend Euro. Ich habe sie nicht angerührt.*"

Ich ließ das Geld liegen. Reza blickte verwundert auf.

„Ich höre", sagte ich.

„Wie bitte?"

„Ich verlange eine Erklärung."

Es sei ihm unmöglich gewesen zu verreisen, der Kleine sei krank geworden, er habe Forugh nicht allein lassen können. Und dann sei es zu spät gewesen, die Ausreisefrist verstrichen. Er breitete die Arme aus, als treffe ihn keine Schuld.

Dass er sich um seine kleine Familie kümmerte, konnte ich ihm schlecht vorwerfen. Und von der Idee, nach Istanbul zu fliegen und erneut einzureisen, hatte ich von Anfang an nichts gehalten.

„Du hättest mir Bescheid sagen müssen."

„Ich wollte Sie nicht beunruhigen."

Es ginge nicht um mich, setzte ich ihm auseinander. Er sei es, der sich Sorgen machen müsste, da er sich illegal in Deutschland aufhalte. Ob er glaube, mit der deutschen Polizei Katz und Maus spielen zu können?

„Hör zu, du solltest jetzt sehr vorsichtig sein, du darfst nichts tun, was dich in Konflikt mit den Gesetzen hier bringt. Sonst werden die Behörden auf dich aufmerksam und du wirst umgehend abgeschoben."

„Was denken Sie von mir? Ich stehle nicht und ich tue niemandem etwas. Keine Sorge."

„Doch. Du fährst Auto ohne gültige Fahrerlaubnis."

Ob er seine Arbeit bei Forughs Tante aufgeben

solle, fragte er empört. Wovon sollte seine Familie dann leben?

Ich schob die Geldscheine näher an ihn heran. Das genüge fürs Erste, sagte ich. Seine Arbeit bestehe jetzt darin, Deutsch zu lernen. Pari fände sicherlich schnell Ersatz für ihn. Ich überlegte, worauf er noch achten sollte.

„Und wenn du mit U-Bahn oder Bus unterwegs bist, vergiss nie einen Fahrschein zu lösen. Auch wenn du beim Schwarzfahren erwischt wirst, schieben sie dich ab."

Pari hatte mir erzählt, für Forugh habe sie erst kürzlich die Aufenthaltserlaubnis verlängert, als Studentin sei ihre Tochter auch krankenversichert. Das Baby war im Markuskrankenhaus zur Welt gekommen, und Pari hatte dafür gesorgt, dass das Kind beim Standesamt registriert wurde und ein Geburtsschein vorlag, mit Reza als genanntem Kindsvater.

„Aber nicht auffallen genügt nicht. Wir müssen deinen Aufenthaltsstatus regeln. Du wirst in Begleitung meines Anwalts zur Polizei gehen und erklären, dass du hier in Deutschland eine Frau und ein kleines Kind hast, die du nicht allein lassen kannst. Der Anwalt wird beantragen, dass du vorerst hierbleiben kannst. Die nennen das eine Duldung aus humanitären Gründen."

„Die sperren mich erst ein und dann schmeißen sie mich aus dem Land."

„Nein, mein Anwalt wird das verhindern. So wie bisher darfst du nicht weitermachen, du kannst dich nicht auf Dauer verstecken."

„Ich verstecke mich doch gar nicht."

Wollte er mich nicht verstehen oder lag es an meinem unzulänglichen Persisch? Ich versuchte es anders.

„Du musst alles tun, um nicht abgeschoben zu werden."

„Keine Sorge, ich passe auf."

Das Geld rührte er nicht an.

Ich fragte mich, woher Reza diese Zuversicht nahm. Ausgerechnet er, dem das Leben wiederholt ins Gesicht gespuckt hatte. Oder war es womöglich nicht Zuversicht, sondern Naivität? Stolperte er von einem Debakel zum nächsten, weil er die Gefahr nicht erkannte? Reza war keine Ausnahme, wurde mir mit einem Mal bewusst. Die Verwandten und andere Landsleute, die früher bei meinen Eltern gestrandet waren und um die sich Vater gekümmert hatte, waren nicht viel anders gewesen, erinnerte ich mich. Sie misstrauten und fürchteten den Staat, es sei denn sie kannten die richtigen Leute an den richtigen Stellen und konnten an den Schrauben drehen und das Beste für sich und die ihren herausholen. Ansonsten blieb ihnen nichts anderes übrig als sich durch die Lücken im System zu lavieren.

„Sag mal, ich wollte dich schon lange etwas fragen. Warum du unbedingt nach Deutschland wolltest, weiß ich nun. Aber was veranlasste deinen Vater mir zu schreiben und mich zu bitten, mich um dich zu kümmern?"

Reza trank in aller Ruhe seinen Tee.

„Wusste er von deiner Festnahme?"

„Nachdem ich über Nacht weggeblieben war, machte er sich

große Sorgen und wandte sich an die Polizei. Die wusste angeblich von nichts. Als Nächstes fuhr er zusammen mit meinem Bruder verschiedene Krankenhäuser ab. Als ich schließlich verdreckt und mit der Wunde auf der Stirn nach Hause kam, war für ihn klar, dass ich wegen politischer Aktivitäten festgenommen worden war. Ich ließ ihn in dem Glauben. Ab da wollte er mich schnellstmöglich außer Landes schaffen."

„Verstehe. Und so kam ich ins Spiel."

„Ihr Persisch ist ausgezeichnet, wenn ich das anmerken darf", sagte Reza freundlich und nahm sich einen Keks.

22

Vater saß abholbereit in seinem Rollstuhl. Hanna hatte ihn für seinen Geburtstag fein gemacht. Er trug den dreiteiligen grauen Anzug, weißes Hemd, weinrote Krawatte. Trotz der festlichen Kleidung sah er nicht gut aus, dünn, blass, die Wangen eingefallen, und bei der Anzugjacke standen die Schulterpolster über. Mit beiden Händen umklammerte er die Armlehne seines Rollstuhls und blickte an die leere Wand. Das Fernsehgerät war aus, wodurch eine angenehme Ruhe herrschte. Erst als wir in sein Gesichtsfeld traten, bemerkte er uns und lächelte glücklich wie ein Kind. Maria küsste ihn auf beide Wangen, gratulierte ihm zum Geburtstag und hielt einen Blumenstrauß hoch. Er griff nach ihrer Hand und fragte mit brüchiger Stimme, wie es ihr gehe, sie solle doch bitte

Platz nehmen. Ich legte ihm die Hand auf die Schulter und erklärte ihm, wir müssten jetzt los.

Vater in mein Auto zu befördern, erwies sich schwieriger, als ich erwartet hatte. Ich öffnete die Beifahrertür bis zum Anschlag, beugte mich herab, packte ihn unter den Armen und riss ihn aus dem Rollstuhl, er ächzte. Jetzt hatte ich ihn zwar in der Vertikalen, aber seine Knie knickten ein wie bei einer Marionette, er ließ sich gegen mich fallen. Maria wollte helfen, was ich dankend ablehnte, in dem Türspalt war es ohnehin zu eng. Der Autositz war eine Armlänge entfernt, ich schob Vater vorsichtig darauf zu, zog ihn behutsam nach unten und wollte ihn auf das Polster bugsieren, als sein Kopf gegen den Türrahmen stieß und er ein „Aach" von sich gab. Eine Entschuldigung murmelnd drückte ich sanft seinen Kopf nach unten und schob ihn gleichzeitig in das Fahrzeug. Seine halbe Pobacke war nun zwar auf dem Sitz, die Beine aber noch draußen. Immerhin konnte er nicht mehr fallen, ich atmete auf, der Rest war ein Kinderspiel. Ich schnallte ihn an und setzte mich hinter das Steuer. Kaum hatte ich den Motor gestartet, beschwerte er sich, wo Mutter bliebe, ich solle doch mal nach oben gehen und sie holen. Sie sei schon vorausgefahren, um alles für seine Geburtstagsfeier vorzubereiten, erklärte ich ihm.

„Davon hat sie mir gar nichts gesagt."

Vater konnte es noch nie leiden, wenn er als Letzter etwas erfuhr. Kaum war ich losgefahren, fielen ihm die Augen zu, und ich war dankbar für die Pause. Es war ein trüber Sonntagvormittag, nur wenige Autos waren unterwegs.

In der Markgrafenstraße fand ich einen Parkplatz direkt vor Paris Laden, stieg aus, holte den Rollstuhl aus dem Kofferraum und klappte ihn auf.

„Salam Agha je Hamidzadeh, kann ich helfen?"

Reza stand plötzlich neben uns. Er trug ein Sakko und ein weißes Hemd.

„Salam. Schick, wie du aussiehst", sagte ich, zupfte vergnügt am Revers seines Jacketts und machte ihm den Weg frei. Er solle vorsichtig sein, bat ich ihn, der alte Herr sei heute etwas schwach auf den Beinen. Reza öffnete die Beifahrertür, beugte sich zu Vater herab und begrüßte ihn, indem er ihn auf beide Wangen küsste und sich in aller Ruhe nach seinem Befinden erkundigte, dann fasste er ihn unter die Arme und beförderte ihn mit bewundernswerter Leichtigkeit aus dem Auto und in den Rollstuhl. Gott schütze dich, mein Sohn, hörte ich Vater mit dünner Stimme sagen.

In Laden duftete es köstlich nach *Chello-Kabab*. Der Bereich, in dem sonst Gäste bewirtet wurden, war festlich mit Blumen geschmückt, zwei Tische waren zusammengerückt, ein weißes Tafeltuch aufgelegt und alles vorbereitet für das Mittagessen. Maria sah sich mit hochgezogenen Augenbrauen in dem Laden um.

Sie komme nur wegen Vater mit, hatte sie am Morgen gesagt. Auf Pari war sie von Anfang an schlecht zu sprechen gewesen. Das sei eine aufdringliche Person, fand Maria nach jener Schneenacht, als wir auf der Suche nach Reza bei ihr zu Hause vorbeigeschaut hatten. Ich verstand nicht, was sie gegen die Frau hatte und erzählte ihr wenig später arglos von meinem Besuch in dem Laden. Ihr Unmut überraschte mich. Was ich dort gewollt habe, fauchte sie mich an, obwohl ich ihr meine Gründe soeben ausführlich dargelegt hatte. Als ich ihr dann auch noch von den persischen Speisen dort vorschwärmte, fuhr sie mir über den Mund, ich solle sie in Ruhe lassen. Meine regelmäßigen Mittagessen in dem Laden erwähnte ich später nicht mehr. Doch Vaters Geburtstag rückte näher, und ich gab mir schließlich einen Ruck und schlug ihr vor, dort zu feiern. Diese Frau habe mir den Verstand vernebelt, warf sie mir an den Kopf.

„In einem Lebensmittelladen, bei fremden Leuten? Spinnst du?"

Man könne dort vorzüglich persisch essen, ich sei sicher, es würde Vater sehr gefallen, erklärte ich. Sie tippte mit dem Finger gegen ihre Stirn.

Frau Kashani sei immerhin die Tante der Frau meines Großcousins, also keine Fremde, gab ich zu bedenken.

„Die Geburtstagsfeier findet entweder bei uns zu Hause statt oder im Seniorenheim", entschied sie.

„Es ist schon alles arrangiert."

Das brachte sie endgültig aus der Fassung. Ich solle doch gleich bei dieser Iranerin einziehen.

Pari hatte sich für den Anlass schick gemacht, auf ihre Weise. Sie trug einen schwarzen Rollkragenpullover und dazu schwarze Jeans. Um ihren Hals hing eine türkisfarbene Kette, die sich schön gegen den dunklen Hintergrund abhob. Es war das erste Mal, dass ich Schmuck an ihr bemerkte. Ich bemühte mich, sie nicht allzu lange anzuschauen. Sie begrüßte zuerst Maria, umarmte sie und gab ihr Küsschen links und Küsschen rechts, ganz so als seien sie alte Freundinnen. Es sei ihr eine besondere Freude, sie nun besser kennenlernen zu dürfen, sagte sie zu Maria, die wie ein Fisch an Land den Mund öffnete und wieder schloss. Schließlich rang sie sich ein „Danke für die Einladung" ab.

„Ach was, das ist doch Ihr eigenes Haus", erwiderte Pari und lachte. Dann gab sie mir nur kurz die Hand und sagte: „Guten Tag, Herr Hamidzadeh." Maria blickte von ihr zu mir.

Pari aber wandte sich Vater zu, ging vor ihm in die Hocke und gratulierte ihm wortreich zum Geburtstag.

Vaters Augen weiteten sich, mit zitternder Hand berührte er ihre Wange. *„Mahtab, da bist du ja endlich. Wie schön du heute bist."*

Pari kicherte verlegen und blickte fragend zu mir.

„*Pedar, das ist Frau Kashani, unsere Gastgeberin. Mutter kann heute leider nicht kommen, sie muss arbeiten*", sagte ich.

Vater ließ sich nicht beirren. „*Wo warst du denn so lange?*" fragte er Pari und legte seine Hand auf ihre.

Reza zwinkerte Pari zu und sagte mit warmer Stimme zu Vater: „*Agha je Hamidzadeh. Entschuldigen Sie bitte. Das ist Frau Kashani, die Tante meiner Frau. Und das*", er zeigte auf Forugh, „*ist meine Frau mit unserem Sohn Nima.*"

Unsere Gastgeberin zog sanft ihre Hand zurück und erhob sich. Ihre Wangen waren gerötet. Vater aber hatte jetzt nur noch Augen für Forugh. „*Azadeh, mein Kind. Wie schön, dass Ihr alle hier seid. Komm her, lass dich umarmen.*" Er hatte Tränen in den Augen.

„*Wer ist denn Azadeh?*", flüsterte Pari.

„*Meine Schwester, sie lebt in den USA.*"

„*Agha je Hamidzadeh,*", wandte sich Reza wieder an Vater, „*das ist ….*"

„*Lass mal, ist in Ordnung*", unterbrach ich ihn und gab Forugh ein Zeichen. Die verstand, trat näher an Vater heran und ließ sich von ihm auf beide Wangen küssen.

„*Wie heißt denn dein Kleiner?*"

„*Nima.*"

„*Wie der große Dichter*", erklärte mir Vater mit leuchtenden Augen, „*wie war das?*" Er legte Zeigefinger und Daumen an die Nasenwurzel und senkte den Kopf, ganz so wie er es früher an Lyrikabenden mit seinen Freunden getan hatte und rezitierte:

235

„Auf Dich warte ich nächtens
Wenn die Schatten der Talaajan Äste sich schwarz
färben
Und deinetwegen betrübten Herzens Trauer
bereiten
Auf dich warte ich"

Weiter kam er nicht, kniff die Augen zusammen, versuchte offenbar sich zu erinnern. Pari kam ihm zu Hilfe und fuhr fort:

„Nachts, wenn die ewigen Täler wie Schlangen
schlafen
Nachts, wenn die Prunkwinde zärtlich der
Zypresse den Atem raubt
Ob du an mich denkst oder nicht, der Gedanke
an dich wird in mir nie nachlassen
Auf dich warte ich"

Vater weinte. Er breitete die Arme aus und Forugh setzte ihm das Baby auf den Schoß. Nima betrachtete eingehend dieses faltige tränennasse Gesicht, das ihn anlächelte und schien unschlüssig, was er davon halten sollte. Vater schaukelte Nima auf seinen Knien und lobte ihn, was für ein großer Junge er schon sei und strich ihm liebevoll über den Kopf. Dann wurde es ihm schnell zu viel, er reichte den Kleinen zurück an seine Mutter und sah mich an.

„Jetzt fehlt nur noch Hamid."
„Der verspätet sich wie immer", sagte ich.

Reza schob Vaters Rollstuhl an den Tisch und setzte sich neben ihn. Vater tätschelte seine Hand und wiederholte seine Segenswünsche, woraufhin Reza ihm mit lauter Stimme erklärte, was es in dem Laden zu kaufen gab.

Pari aber widmete ihre ganze Aufmerksamkeit Maria, was mir sehr recht war. Während sie sich ausführlich nach deren Befinden erkundigte und nur einsilbige Antworten erhielt, beobachtete ich, wie Vater immer wieder die Augen zufielen, um diese Uhrzeit pflegte er üblicherweise Mittagsschlaf zu halten. Wenn wir noch lange auf das Mittagessen warten müssten, würde er einnicken, fürchtete ich. Mit halbem Ohr hörte ich, wie Pari nun davon sprach, dass sie plane, in der Innenstadt ein persisches Restaurant zu eröffnen. Aha, dachte ich, von ihren geschäftlichen Plänen hatte sie mir gar nichts erzählt. Maria indessen presste die Lippen aufeinander und betrachtete ihre Fingernägel. Reza war inzwischen dabei, Vater von seinen Geschwistern zu berichten, da hörte ich Pari sagen: „Mein Mann meint auch, dass jetzt die beste Zeit ist, einen Kredit aufzunehmen."

Maria drehte sich abrupt zu ihr. „Sie sind verheiratet?"

„Verheiratet sind wir nicht. Wir führen eine Fernbeziehung, er hat seine Arztpraxis in Berlin und ich meinen Laden hier." Sie seufzte.

Wie bitte? Die Nachricht drang wie ein Messer in mich hinein. Warum hatte sie mir das nie gesagt? Plötzlich sah ich Pari mit anderen Augen. Es gab einen Mann, an den sie dachte, auf den sie sich freute. Jemand wie sie blieb nicht allein, das hätte ich mir denken können.

„Wie war das mit dem Kredit?", fragte Maria nun.

Eine ältere rundliche Frau mit Schürze, offenbar die Köchin, kam herein und brachte nacheinander einen großen Teller mit Kräutern, Schafskäse und Zwiebeln, Fladenbrot, einen Krug *Dugh* und eine Platte mit persischen Vorspeisen. Vater entfuhren Laute des Entzückens, er rollte sich etwas näher an den Tisch heran und betrachtete versonnen seinen vollen Teller. Ich bat Reza, mit mir die Plätze zu tauschen. Doch der bestand darauf, selbst dem alten Herrn zu helfen, faltete eine Serviette auseinander und steckte sie ihm in den Hemdkragen.

„*Heute haben Sie frei, Agha je Hamidzadeh*", sagte Reza gut gelaunt zu mir.

Vater war so glücklich wie lange nicht mehr, und Maria hatte sich offenbar auch entspannt. Nur ich wusste nicht, wohin mit mir.

Nach dem Dessert fielen Vater die Augen zu und er begann leise zu schnarchen. Pari legte eine Wolldecke auf seine Knie.

Die Köchin servierte den Tee zusammen mit kleinen Stücken Baklava, als das Klingeln eines Mobiltelefons unsere Gespräche unterbrach. Reza förderte aus seiner Hosentasche ein Smartphone zutage und entfernte sich ein Stück von uns. Es war ein kurzes Gespräch, er kam zurück zu uns und erklärte, er müsse leider schon los. Ich blickte zu Forugh und zu Pari. Beide schienen das normal zu finden, sie nickten zur Bestätigung. Forugh erhob sich und erklärte, auch für sie und Nima sei es Zeit, sich zu verabschieden, und plötzlich geriet alles in Bewegung.

„Moment bitte. Wo willst du denn hin?", fragte ich Reza. Er habe einen neuen Job, warf er mir entgegen und trieb Forugh zur Eile an. Er riss die Ladentür auf, ein kalter Wind wehte hinein, und ehe ich es recht verstanden hatte, waren die jungen Leute weg.

„Was ist das für ein Job?", fragte ich in den Raum hinein.

Er habe eine Aushilfsarbeit am Flughafen in der Gepäckabfertigung angenommen, erklärte Pari.

„Ich dachte, er fährt für Sie Speisen aus."

„Nein, das wollte er nicht mehr, nachdem Sie es ihm verboten haben", sagte sie und sah mich freundlich an.

„Ich?"

„Ja, er sagte, Sie seien dagegen, dass er ohne deutschen Führerschein Auto fährt. Außerdem besucht er jetzt einen Deutschkurs an der Volkshochschule."

Wer hätte das gedacht? Vielleicht nimmt der Junge doch noch Vernunft an. Doch dann kamen mir Zweifel. Wie er an den Job gekommen sei, wollte ich wissen, Reza habe doch gar keine Arbeitserlaubnis, geschweige denn einen geregelten Aufenthaltsstatus.

Pari schüttelte den Kopf, Genaueres habe er ihr nicht verraten. Und von Forugh erfahre sie nichts, wenn Reza es nicht wolle.

„Er muss Vernunft annehmen und in Begleitung meines Anwalts zur Polizei gehen und sich stellen."

Es tue ihr leid, sie habe keinen Einfluss auf den jungen Mann, sagte Pari.

„Es ist sein Leben", mischte sich Maria ein.

„Wenn man ihn erwischt, wird er umgehend abgeschoben und kommt nicht mehr nach Deutschland rein. Was soll dann aus Forugh und dem Kleinen werden?", empörte ich mich.

„Ihre Frau hat recht", sagte Pari.

„Und Ihre Tochter?"

„Welche Tochter?", fuhr mich Pari scharf an.

Ich erschrak über meinen Versprecher und korrigierte mich hastig.

„Ich meine natürlich Ihre Nichte."

Doch der Schaden war angerichtet. Pari zupfte an ihrer Halskette und schien kein Interesse mehr an der Fortsetzung des Gesprächs zu haben. Maria sah unsere Gastgeberin verwundert an.

„Jetzt, wo die Kinder weg sind, ist es plötzlich so still", sagte ich schließlich in unser Schweigen hinein.

„Dein Vater“, sagte Maria und sah zu ihm.

Pari sagte immer noch nichts. Es war Zeit zu gehen. Ich bedankte mich ausgiebig bei ihr für den wunderschönen Nachmittag, erhob mich und strich Vater über die Wange. Sie fühlte sich kalt an, die Decke auf seinen Knien hatte wohl nicht gereicht, dachte ich.

„Pedar, wachen Sie bitte auf, wir müssen gehen“, sagte ich mit lauter Stimme neben seinem Ohr und drückte seine Hand. Auch die war merkwürdig kalt.

„Pedar.“

Ich beugte mich zu ihm herab. Sein Gesicht war blass und eingefallen, seine Brust hob und senkte sich nicht mehr. Ich versuchte seinen Puls zu fühlen, da war nichts mehr. Noch einmal blickte ich in sein erstarrtes Gesicht.

„Pedar“, flüsterte ich.

Plötzlich war Maria bei mir und nahm mich in den Arm.

23

Ich konnte mich gut an das italienische Restaurant in der Mendelssohnstraße erinnern, einige Male war ich sogar mit Geschäftspartnern dort gewesen, vor Jahren. Mittags aßen dort Bankangestellte und Anwälte aus dem Westend und abends ein hippes Publikum zwischen Dreißig und Vierzig. Wenn eine Messe in Frankfurt stattfand, musste man Tage vorher einen Tisch reservieren. Eine Goldgrube. Pari hatte die moderne Inneneinrichtung des Lokals belassen und nur wenige eigene Akzente gesetzt, hier und da hingen kleine persische Miniaturen an den Wänden, die Speisekarte war dezent mit orientalischen Ornamenten verziert, ebenso das Geschirr. Vor zwei Stunden hatte Pari ihr neues Restaurant eröffnet, und alle Tische waren schon besetzt. Es duftete herrlich, es war laut, die Kellner kamen mit dem Servieren kaum nach, und es trafen immer noch weitere Gäste ein, die Einlass begehrten. Pari stand am Eingang, ganz im Schwarz gekleidet und sprach mit den dort stehenden Gästen, die nach und nach enttäuscht wieder abzogen. Dann entdeckte sie Maria und mich, winkte, schlängelte sich zwischen den Tischen hindurch an ihren Mitarbeitern vorbei und kam zu uns.

„Meine liebsten Gäste", sagte sie lachend und gab Maria die obligatorischen Küsschen und, zu meiner Überraschung, auch mir. Das war noch nie vorgekommen, ich fühlte mich geehrt. Den Laden hatte sie aufgegeben. Schade, dachte ich.

So schnell wie sie gekommen war, entschuldigte sie sich auch wieder und entschwand. Kaum war sie weg, erschien Reza mit der Speisekarte in der Hand. Er sah elegant aus in seiner schwarzen Jeans und seinem schwarzen Hemd, die Haare gegelt und nach hinten gekämmt, frisch rasiert. Aus dem Bauingenieur-Taxifahrer-Gepäckabfertiger war ein smarter Kellner geworden. Pari hatte ihn überredet, wieder für sie zu arbeiten.

Der Job am Flughafen hätte jeder Zeit auffliegen können. Ein Bekannter, den Reza aus Teheran kannte, hatte ihm seine Papiere geliehen, Reisepass mit einem Aufenthaltsstempel, Arbeitserlaubnis und Krankenversicherungsnachweis. Damit hatte sich Reza bei der marokkanischen Fluglinie beworben und eine Anstellung in der Gepäckabfertigung erhalten. Das Gehalt ging auf das Konto des Bekannten, der zog jeden Monat 200 Euro ab und händigte ihm den Rest in bar aus. Bei Pari war Reza nun in guten Händen und konnte selbst nicht viel falsch machen.

„Hallo, willkommen im Restaurant Pari", begrüßte er uns. Wann immer Maria dabei war, sprach er nur noch Deutsch. Mir hatte er vorgeschlagen, zu zweit ebenfalls Deutsch zu sprechen, er müsse in Übung bleiben. Ich bestand auf Persisch, der Faden sollte nicht abreißen. Vater war seit einem Jahr tot, und erst allmählich begriff ich, was es bedeutete. Ich begegnete ihm jede Nacht. In meinen Träumen war er zumeist schwach und hilfsbedürftig, und ich kümmerte mich um ihn, half ihm über die Straße, reichte ihm das Essen, deckte ihn zu. Manchmal sprach er auch mit mir, doch am nächsten Morgen wusste ich nicht mehr, was er gesagt hatte. Nachdem er zu seiner letzten Reise aufgebrochen war, merkte ich wieviel Zeit ich plötzlich hatte. Ansonsten funktionierte ich wie ein Uhrwerk, organisierte die Bestattung, löste mit Rezas Hilfe die Wohnung in der Seniorenresidenz auf, kümmerte mich um die Firma. Alle waren einfühlsam, glaubten mich schonen zu müssen, das war unnötig, ich kam zurecht. Maria meinte, Vater sei glücklich gestorben. Das Geburtstagsfest sei eine meiner besten Ideen gewesen. „Und wie hast du das hingekriegt, dass alle seine Lieben da waren?", hatte sie geschmunzelt.

„Stimmt. Alle bis auf einen."

Ob ich sehr traurig sei?", fragte sie und schmiegte sich an mich.

Ja, sagte ich, und fragte mich, warum es nicht so war. Der Alltag ging weiter, das Südafrika-Desaster und alles andere auch.

Warnke war inzwischen Geschichte. Am Montag, den 22. Mai 2016 in der Frühe klingelten Beamte des *Directorate for Priority Crime Investigation* der südafrikanischen Polizei den deutschen Staatsbürger Ferdinand Warnke in seiner angemieteten Villa im Nobelviertel von Johannesburg aus dem Schlaf und führten ihn noch im Pyjama ab. Die Presse hatte davon vorab erfahren, gefilmt und fotografiert, sodass ich wenige Stunden später am Computerbildschirm das Geschehen verfolgen konnte, als wäre ich dabei gewesen. In seinem gestreiften Schlafanzug, dem unrasierten Gesicht und den wirren Haaren sah er wie ein Sträfling aus, noch bevor er einen Fuß ins Gefängnis gesetzt hatte. Bruce hatte mich zu Hause angerufen und mir den Link geschickt.

Nachdem der Leiter der Energiekommission überraschend festgenommen worden war, hatte es keine 24 Stunden gedauert, bis auch Warnke und andere

Mitglieder eines Korruptions-Netzwerks verhaftet wurden. Ihnen wurde zur Last gelegt, internationale Gebermittel zum Ausbau Erneuerbarer Energien und zur Förderung alternativer Arbeitsplätze in den Kohlerevieren für sich abgezweigt zu haben. Auf meine Firma fiel kein Schatten, ich hatte ihn schon ein Jahr zuvor aus dem Projekt abgezogen.

Reza kam nun öfter zu uns nach Hause, manchmal zusammen mit Forugh und Nima, oft allein, immer unangemeldet. Tauchte er mehrere Tage hintereinander nicht auf, machte ich mir Sorgen, rief ihn an und landete bei der Mailbox. Bis er plötzlich vor unserer Haustür oder bei Frau Schubert im Vorzimmer stand. Er besuchte mich jetzt einfach so, ohne um Geld oder sonst eine Gefälligkeit zu bitten, saß bei mir, trank Unmengen an Tee und erzählte mir von seinem Söhnchen, seiner Arbeit, und schien sich nicht darum zu scheren, jederzeit abgeschoben werden zu können. Ich lehnte mich zurück. Sollte er doch machen, was er wollte. Was zählte war der Moment.

Quellennachweise:

Gedicht von Nima Yushidj „Auf Dich warte ich“:
Mehrzad Hamzelo, Rudolf Kraus und Gorji Marzban (Hrsg.), Neun Gärten der Liebe – Zeitgenössische persische Liebesgedichte. Übersetzt von Mehrzad Hamzelo, nachgedichtet von Rudolf Kraus. Edition Roesner 2011

Gedicht von Forugh Farrochsad „Mein Herz ist bedrückt“:
Jene Tage - Forugh Farrochsad, ausgewählte Gedichte, Aus dem Persischen von Kurt Scharf. Sujet Verlag 2016

Danksagung

Ich danke meiner Frau Anita Djafari, die mit Geduld, Zuversicht und klugem Rat von Anfang an mein Schreiben begleitet.

Dr. Martin Hielscher danke ich für seine wertvollen Denkanstöße in den verschiedenen Phasen der Arbeit an diesem Roman ebenso wie für die kritische Durchsicht und Kommentierung der Entwürfe.

Meinen Brüdern Nasser Djafari und Nader Djafari danke ich für viele gute Gespräche und ihre stete Ermutigung.

Im Sujet Verlag erschienen

Mahtab
von Nassir Djafari

Roman
2. Aufl. 2022; Softcover
338 Seiten; 19,80 €
ISBN: 978-3-96202-107-8

Die späten 1960er Jahre in Frankfurt sind politisch und gesellschaft-lich turbulente Zeiten, in denen alte Gewissheiten ins Wanken gera-ten. Erst recht für Mahtab, die ein Jahrzehnt zuvor mit ihrem Mann und ihren drei Kindern aus Iran eingewandert ist. Hin- und hergeris-sen zwischen ihren tradierten Moralvorstellungen und den Freihei-ten ebenso wie den Untiefen des modernen westlichen Lebens muss sie sich behaupten und ihren eigenen Weg finden.

„Man merkt, dass der Schriftsteller niemandem mehr etwas beweisen muss. Er macht es nur für sich selbst und seine Geschichte."

Ulrich Noller, WDR Cosmo

Nassir Djafari, 1952 im Iran geboren, lebt seit seinem fünften Lebens-jahr in Deutschland. Er studierte in Frankfurt Volkswirtschaftslehre und war in verschiedenen Funktionen in der deutschen und internationalen Entwicklungszusammenarbeit tätig. Djafari hat zahlreiche Fachartikel und Buchbeiträge über die wirtschaftlichen und politischen Herausforderun-gen in Entwicklungs- und Schwellenländern verfasst. *Eine Woche, ein Leben* ist sein erster Roman.

Eine Woche, ein Leben
von Nassir Djafari

1. Aufl. 2020; Hardcover
355 Seiten; 24,00 €
ISBN: 978-3-96202-053-8

2. Aufl. 2022; Softcover ; 17,80 €
ISBN: 978-3-96202-097-2

Kurz nach seinem 18. Geburtstag schließt sich Timm in sein Zimmer ein und verlässt es kaum noch. Hamid bietet alles auf, um seinen Sohn da wieder herauszuholen. Eine gemeinsame Reise nach Peru soll ihre Beziehung zum Besseren wenden. Doch dann geschieht etwas, das ihr Leben grundlegend ändert. Ausgerechnet an Timms 19. Geburtstag verlässt Hamid in der Andenstadt Cusco morgens das Hotel und verschwindet. Timm macht sich in dem fremden Land, dessen Sprache er nicht spricht, auf die Suche nach seinem Vater. Dabei macht er schmerzhafte Erfahrungen und lernt vor allem auch sich selbst besser kennen.

„Man merkt, dass der Schriftsteller niemandem mehr etwas beweisen muss. Er macht es nur für sich selbst und seine Geschichte."

Ulrich Noller, WDR Cosmo

Nassir Djafari, 1952 im Iran geboren, lebt seit seinem fünften Lebensjahr in Deutschland. Er studierte in Frankfurt Volkswirtschaftslehre und war in verschiedenen Funktionen in der deutschen und internationalen Entwicklungszusammenarbeit tätig. Djafari hat zahlreiche Fachartikel und Buchbeiträge über die wirtschaftlichen und politischen Herausforderungen in Entwicklungs- und Schwellenländern verfasst. *Eine Woche, ein Leben* ist sein erster Roman.

An den Regen
von Faribā Vafī

Aus dem Persischen
von Jutta Himmelreich

Kurzgeschichten
2. Aufl. 2022; Softcover
210 Seiten; 18,00 €
ISBN: 978-3-96202-122-1
1. Aufl. 2021; Hardcover
219 Seiten; 22,50 €
ISBN: 978-3-96202-099-6

In Kurzgeschichten lassen sich, anders als in Romanen, kritische Entwicklungen oder Begebenheiten in der Gesellschaft darstellen, ohne viel erklären zu müssen und dadurch die Aufmerksamkeit der Zensurbehörde zu wecken. Wie auch in ihren Romanen sind die zentralen Themen der Kurzgeschichten Faribā Vafis die intimen Alltagserfahrungen von Frauen, die versuchen, unabhängig von gesellschaftlichen Beschränkungen ihren eigenen Weg zu gehen. Immer wieder behandeln ihre Geschichten Spannungen zwischen Tradition und Progressivität, zwischen Einsamkeit und dem Wunsch nach Unabhängigkeit.

Faribā Vafi wurde 1962 in Tabriz im Nordwestiran geboren. Sie lebt derzeit in Teheran und zählt zu den beliebtesten zeitgenössischen Autorinnen Irans. Iranische Kritiker verorten sie unter den Top 10 der modernen Schriftsteller des Landes. Sie wurde mit dem renommierten Huschang-Golschiri-Preis sowie dem Yalda-Preis ausgezeichnet, außerdem erhielt sie 2017 den LiBeraturpreis für ihr Werk *Tarlan*.

Söhne der Liebe
von Ghazi Rabihavi

Roman
1. Aufl. 2022; Hardcover
ISBN: 978-3-96202-101-6

Gleichgeschlechtliche Liebe im Iran, Aufbegehren gegen überkommene Traditionen und Rollenklischees, Unterdrückung der politischen Opposition, Verfolgung Andersdenkender, die Gefahren der Flucht sowie Ausbeutung und Rechtlosigkeit im erzwungenen Exil, Polizeigewalt, Willkür und Folter – all diese Themen vereint der bewegende Roman Söhne der Liebe von Ghazi Rabihavi. Anhand der Geschichte von Nadji und Djamil zeichnet der Autor ein beklemmendes Bild vom Iran zu Zeiten der islamischen Revolution bis zum Ausbruch des Krieges mit dem Irak. Der seit 1995 im Londoner Exil lebende Rabihavi nimmt die Leserschaft mit auf eine erschütternde wie auch fesselnde Reise in das angespannte und explosive Klima des vorrevolutionären Iran. Gezwungen, die zunehmende Aussichtslosigkeit der sie einengenden Umgebung ihres südiranischen Dorfes zu verlassen, begeben sich die Protagonisten Nadji und Djamil in die nächstgrößere Stadt und schließlich als illegale Einwanderer ins Nachbarland. Auf ihrer Flucht begegnen sie verschiedenen marginalisierten Bevölkerungsgruppen, deren Lebensgrundlagen im Zuge der intensiven gesellschaftlichen Umwälzungen massiv erschüttert werden und die ihren Platz in den neuen sozialen und politischen Verhältnissen erst finden müssen. Söhne der Liebe, ins Deutsche übertragen von Gorji Marzban und Thomas Geldner, beleuchtet einen Wendepunkt in der Geschichte des Iran und greift zugleich universelle Fragen auf, die bis heute nichts an Relevanz eingebüßt haben.

Fliegende Katzen
von Salem Khalfani

Roman
1. Aufl. 2023; Softcover
194 Seiten; 17,80 €
ISBN: 978-3-96202-118-4

In seinem neuesten Roman berichtet Salem Khalfani über ein sechs-stöckiges Gebäude in einer deutschen Stadt. Die Charaktere sind trotz ihrer zufälligen Bezüge eng miteinander verwoben. Frau Habel kann sich von der Erinnerung an ihre entlaufene Katze nicht lösen. Seit vielen Jahren sucht sie ununterbrochen nach ihr und beschul-digt Josef Bahden, ihre Katze versteckt zu haben.

Hat er sie wirklich versteckt? Auch er scheint sehr mit den Gedanken an Frau Habel und deren Katze beschäftigt zu sein. In Wirklichkeit aber befasst er sich vielmehr mit der Literatur, die, statt eine Ret-tung für ihn zu sein, ihn immer mehr in die Verwirrung treibt.

Zuletzt aber kann sich nur der Erzähler aus seinem babylonischen Turm retten, da er ja allem Geschehenen einen Zusammenhang gibt, indem er darüber erzählt und dabei gleichzeitig herausfindet, was eigentlich mit der Katze geschehen ist.